壞種

一個八歲的小孩能有多壞？

The Bad Seed

William March
威廉·馬奇——著
王欣欣——譯

《壞種》媒體評論

威廉．馬奇知道人類的恐懼和祕密都藏在哪個角落，《壞種》描繪一名邪惡、凶殘的小孩，對受害人和家屬所做的事情。作者充分掌握了這個素材，他創造了一部講述道德困惑和責任的頂尖小說，極為貼近我們所處的這個年代。——James Kelly，《紐約時報》（*New York Times*）

黑暗、原創、無比駭人，威廉．馬奇這部作品是部直捷了當、技巧純熟的懸疑故事。那種冷漠、精確、甚至有些硬梆梆的敘述口吻，不時流露著輕蔑的幽默感，讓人印象深刻。……這個故事一定能引起盛大迴響、強烈的討論，難以讓人忘懷。——Dan Wickenden，《紐約先驅論壇報》（*New York Herald Tribune*）

《壞種》是充滿懸疑和步步駭人的故事……出自美國最棒的小說家之一，讀者會享受這部作品。——August Derleth，《芝加哥週日論壇報》（*Chicago Sunday Tribune*）

《壞種》太棒了，故事主題有力，每個人物也具說服力。對於作者筆下描述的這些令人震驚的事情，讀者都會買單接受。——L.A.G. Strong，*The Spectator* (UK)

推薦序

（本文涉及部分故事內容）

蔡百祥（童伴心理治療所所長、陪伴心理諮商體系總院長）

在這個世界上，兒童的心靈是一座神祕的花園，裡面擁有無限的可能性和奧祕。然而，這片花園中也可能隱藏著一些我們不願意面對的黑暗角落，那裡孕育著人性的暗流與邪惡的種子。《壞種》這本小說，正如一把鑰匙，打開了通往兒童心靈深處的門，讓我們得以深入探索。

故事的主角是克莉絲汀・潘馬克太太的女兒蘿達，一個看似乖巧端莊的八歲小女孩。然而，她內心卻隱藏著令人震驚的邪惡。一連串看似平凡卻充滿詭譎的死亡事件接二連三發生，而這一切都與她有關，讓人不禁感到驚悚與疑惑：一個八歲的小孩，究竟能有多壞？

《壞種》不僅是一部描繪邪惡的故事，更是一次對人性的深刻觀察，其內涵卻遠超過表面的故事情節。它描寫了一個具有反社會人格的八歲女孩的內心和行為舉止，也描寫個性優柔寡斷的母親克莉絲汀．潘馬克太太，在母性本能與良心譴責之間的煎熬，更透過自以為是的鄰居老太太莫妮卡，和犯罪實錄記者雷吉納德．塔斯克之口，帶出當時盛行的精神分析理論與對犯罪事件的探討。

威廉．馬奇以冷靜的筆觸，巧妙融合兒童的天真和黑暗，勾勒出一幅兒童心靈的複雜畫卷，也讓我們思考那些藏在仁慈、同情、愛之後的東西，思考人性的脆弱與複雜。

究竟，我們是否真的了解了自己，了解了我們身邊的孩子？

書裡看似把蘿達的惡行歸因於連續殺人犯外婆的犯罪基因，但她母親克莉絲汀．潘馬克本身卻是個善良的「好人」，蘿達的成長環境也是物質優渥、受到父母關愛的。她卻成為天生冷血的凶手，貪婪、自私、好勝、精於算計說謊、擅長操控大人。她可以很迷人，討人喜歡，但前提是不觸犯她的利益。

正是這樣讓人無法理解的邪惡，才讓史蒂芬．金把她列為「文學史上十大反派」，和佛地魔、索倫、老大哥、德古拉等經典角色並列。成為「壞小孩」系列的始祖，並成為一部心理恐怖經典。

這部小說提醒我們，兒童心靈的發展受到多方面因素的影響，包括基因、家庭環境和社會文化等。即使來自物質優渥的家庭，兒童成長過程中也可能面臨情感上的挑戰，做出各種人意料的行為。

然而，值得注意的是，小說呈現的情境可能極端且非真實，並不能全然代表一般兒童的真實特徵。心理學對此類兒童行為的研究更強調環境、基因、家庭互動等多方面因素對兒童行為的影響，並強調每個兒童是獨特的個體，行為表現受多種因素綜合影響，這才是我們面對一個生命真正需要關注的多個面向。

成長是一個複雜而漫長的過程，我們每個人都需要面對自己內心的黑暗面，才能真正成為自己。

讓我們一起跟隨著克莉絲汀・潘馬克太太的腳步，走進《壞種》的世界吧。我們不僅能夠享受閱讀心理黑暗故事帶來的刺激，也可以去探索那些被掩藏在兒童心靈深處的祕密、去尋找那些藏在人性之後的真相，讓我們更加了解自己，並尊重兒童的內心世界。

懷疑

孩童犯謀殺罪相當常見，有些甚至還很聰明。著名的殺人犯通常起步很早，從小就展露出才華，跟傑出的詩人、數學家和音樂家一樣。

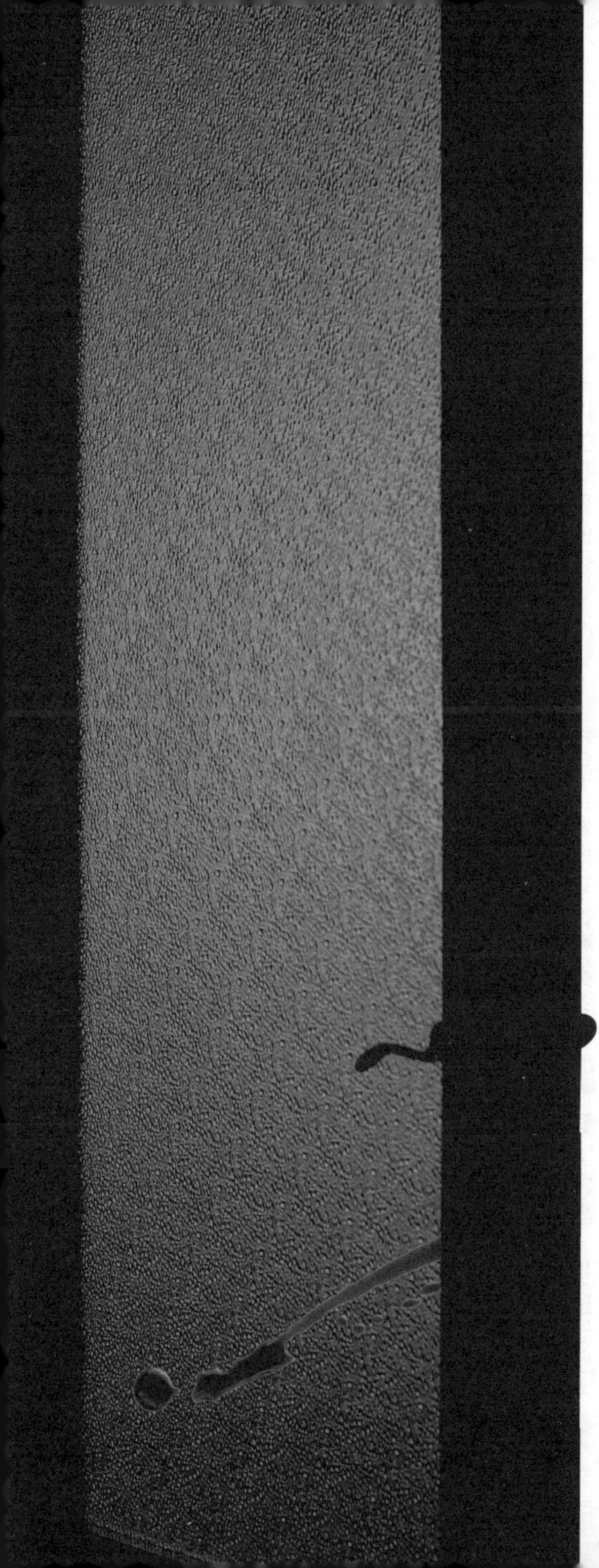

1

那年夏末，潘馬克太太回想一切，看清楚自己早已陷入絕境、無計可施，才發覺六月十七日奉恩小學的野餐會竟是她人生中最後的快樂時光。在那之後，她再也沒法感受到幸福安詳。

一年一度的野餐會是個傳統，年年都在奉恩家鵜鶘灣老宅的橡樹園舉辦。那是他們的夏日別墅，叫做班乃狄克，奉恩家三姐妹都在此出生，並在此度過每一個無聊無趣的夏天。後來雖然為現實所迫，把城裡的房產變成了學校，收些朋友的孩子來教，但她們始終不肯賣掉別墅，守住老宅是她們愛家的表現。野餐會總在六月第一個星期六舉行，因為奉恩家大小姐奧克塔薇亞深信六月的第一個星期六必然是晴天，即使有時天不從人願，落下雨來，野餐不得不移入室內，但她對這一天會有好天氣的信念依然堅定不移。

每到這個季節，她就會對學生說：「我還是個小女孩的時候，我還跟你們這些小朋友一樣小的時候，每年六月第一個星期六，我們都會在班乃狄克辦野餐會。親朋好友全都會來，有些人好幾個月沒見，正好趁這機會聚聚，共度美好的一天。到處都是笑聲和驚喜的叫聲，大家都玩得好開心。那年頭沒人吵架，吵架這種事情對於有良好血統和家教的人而言是不可能的事，紳士淑女絕對不會唇槍舌戰。我妹和我都很愛那段日子，好懷念啊。」

玻哲絲・奉恩小姐是三姐妹中的老二，是姐妹中性格最實際的一個，也是實際管理校務的人。這時候她會接著說：「那年頭日子比現在好過多了，一屋子傭人，人人都樂於助人，想討別人歡心。媽媽會帶著傭人提前幾天開車去班乃狄克籌備，有時候早在六月一號就先過去。雖說六月一到就該算夏天，但對海邊的老住戶來說，要等我們家的野餐會辦了，夏天才算真正開始。」

「班乃狄克景色真的好美。」在學校裡教藝術的克蘿蒂亞・奉恩小姐說：「靠海那邊有條小河繞著我們家流進海灣，景色令人想到邦波瓦（Camille Bombois）畫的迷人河景。」有些學生並不知道邦波瓦是誰，所以她會再作解釋：「低年級的小朋友也許還不知道，邦波瓦是現今法國的素人畫家，噢，他樸拙的筆法多麼精鍊！構圖完美，把綠色運用得好極了！以後我們會再介紹邦波瓦，讓你們更了解他。」

出發前的集合地點就在學校，也就是奉恩家城裡的房子，愉快的一天將從那裡展開。所有家長都接獲通知，要在八點以前把學生送來，預定八點鐘發車。正因如此，不喜歡遲到的克莉絲汀．潘馬克太太將鬧鐘設在六點，這樣既能把每天早上該做的事做完，又能預防在趕著出門的情況下忘東忘西。

她入睡前將這個時間用力記在心上，對自己說：「就算鬧鐘出了狀況，妳也要在六點整醒來。」結果鬧鐘沒壞，準時響了。她打個哈欠坐起身子，發覺天氣甚好，奧克塔薇亞小姐說得沒錯。她把近乎亞麻色的金髮往後梳，走進浴室，伸手拿起牙刷，卻好像遲遲無法決定要不要刷牙似的，望著鏡中的自己出了神。鏡中映出一雙灰色的眼睛，兩眼距離略遠，目光明亮安詳，還有緊實的皮膚，曬得很漂亮。她略彎嘴角，試著微微一笑，這是今天的第一個微笑。她站在鏡前，心不在焉聽著窗外種種聲響：遠處有車子正發動引擎、靜巷裡那排桷樹上的麻雀吱吱在叫，某個小孩忽然大聲講話，又被大人鎮住。她很快回過神來，回復到平日精神抖擻的狀態，沐浴更衣，進廚房準備早餐。

過了一會兒，她想去叫女兒起床，但房間裡沒人，而且乾淨整齊得像很久沒住人。床鋪得好好的，化妝台一塵不染，上頭每一樣東西都照著該有的角度放在該放的地方。靠窗的桌子上，擺著她女兒很喜歡但還沒有完成的拼圖。潘馬克太太微笑走進女兒的浴室，浴室跟臥房一樣整潔，浴巾平整地晾著。她看見這等光景，笑著心想：我何德何能，竟能擁有這麼能幹的孩子？我自己八歲大的時候什麼都不會呢。她站在鋪了精美拼花地板的寬敞走道上，愉快地喊：「蘿達！蘿達！……親愛的，妳在哪兒？這麼早就起床換好衣服了？」

那孩子以一貫謹慎的語氣慢吞吞回答：「我在這裡，在客廳。」蘿達講話總是這樣，彷彿說話是件危險的事，需要經過仔細盤算。

人家說到她女兒的時候，常會用「典雅」、「端莊」或是「老派」之類的形容詞。此刻潘馬克太太微笑望著女兒，心中覺得那些字眼確實貼切。這孩子沉靜、整潔又有種冷冷的自信，真不知是打哪兒遺傳來的。她走進屋裡，對女兒說：「妳真的能自己把辮子梳好，不用我幫？」

女孩半轉身子，讓媽媽檢查。她那暗棕色的頭髮又直又密，精準地打成兩條辮子，再向後彎成絞索的形狀，用兩個小小的緞帶蝴蝶結固定起來。潘馬克太太檢查了一下，辮子綁得乾淨俐落又很結實，於是她嘴唇在孩子棕色的劉海上輕輕碰一下，說：「早餐就快好了，妳今天早上最好吃飽一點，野餐變數很多，什麼時候吃得到午飯很難說。」

蘿達上餐桌坐好，臉上先擺出嚴肅又純真的表情，接著似乎想到了某件不能告訴別人的事，笑了，左頰露出一個淺淺的酒窩，然後壓低下巴，又若有所思地將下巴抬起，很輕很輕地笑了笑，這回她笑得有點遲疑，有點怪，微微開啟雙唇，露出了門牙間一個小縫。

住樓上的莫妮卡．布里德勒太太前一天才說：「我愛死了親愛的蘿達牙上那個小縫。她這種老派髮型，留劉海、紮辮子，實在很像我祖母那個年代的女孩。我還記得我祖母家有張彩色版畫，上頭印了個正在溜冰的小女孩。噢，那小女孩純潔可愛，沉著自持，頭髮飛揚，還穿著長襪和繫帶長靴，戴著毛帽和配套的毛皮手筒。她邊溜冰邊笑，牙齒間也有這麼個小縫，我愈想愈覺得跟蘿達很像。」

莫妮卡說到這裡忽然打住，心想自己之所以這麼喜歡潘馬克家的小孩，會不會是因為多年前祖母家那幅畫的原故。她認為世上沒有無意義的念頭，每一件事情彼此都有關聯，無論多麼稀鬆平常的事，都不會無關緊要，只要能找出線索或看出梗概，就會發現它們有其邏輯，有其可理解的模式。她想了想，下了結論，她對這孩子的喜愛確實肇因於那幅畫，這點毫無疑問。嗯，毫無疑問！接著她又想到和她同住的弟弟艾默里，幾乎和她一樣愛蘿達，可是絕沒受到那幅版畫的影響，因為他比她小九歲，應該根本沒見過那畫。艾默里出生時祖母已經過世，家產也早分光了，所以沒道理……她煩惱得皺起了眉頭，努力想要發揮聯想力，找出這之間到底會有什麼關聯。

前一天早上她也說過這些、想過這些。當時她和潘馬克母女剛參加完奉恩小學的結業式，悠閒地走進家門。結業式上，照例有人上台背誦詩篇或文章，照例有人忘詞、有人落淚，做父母的也照例掏出手帕給孩子揩淚，抱抱孩子，說些撫慰的話。玻哲絲·

奉恩小姐（排行居中的那一位）也行禮如儀，上台向大家諄諄教誨一番，要大家重視榮譽，不作弊、不取巧；然後進行豎琴獨奏。奉恩小姐曾經在羅馬學過豎琴。

這些開場結束以後，就是合唱校歌，然後頒發各種獎項，最後頒發的是孩子們心目中最重要的獎，也就是年度金牌獎，會頒給該學年英文書法進步最多的學生。奧克塔薇亞．奉恩小姐常說：「字如其人。要了解一個人真實的個性和背景，看別的都不準，看他字跡是否清楚優雅有教養就知道了。」

蘿達一直很想得那個書法獎，而且一直認為自己拿得到。她寫字的時候專心得咬住了舌尖，意志堅定地緊緊握筆，非常認真練習。不料這獎居然落到了一個瘦小怯懦的男孩子手裡，他叫克勞德．戴葛爾，和她同年，在同一個班上。

結業式完畢之後，學生和家長踏著奉恩家檞樹下的草坪離開。克蘿蒂亞小姐上前拍拍蘿達肩膀，說：「沒拿到那個獎妳千萬別難過，雖然我知道這對妳這年紀的孩子來說有多重要，可是今年競爭非常激烈，他只贏妳一點點而已。」她轉頭對莫妮卡說：「蘿達很努力。我們都知道她練字很勤奮，很想得到那個獎，我本來以為得獎的人非她莫屬。可是我們的評審很公正，他們完全不知道哪些字是哪個孩子寫的，只依據進步程度來評分，他們認為，小戴葛爾寫出來的字雖然沒有蘿達的工整，可是進步最多，這獎章理應頒給進步最多的學生。」

克莉絲汀知道女兒有多失望，心想難怪今天她特別沉默。她用開朗的語氣對女兒說：「今天一定要好好玩喔！等妳長到我這個歲數，說不定也會有個女兒，等到妳送女兒去參加學校野餐的時候，回想起今天，就能有好多愉快的回憶。」

蘿達喝口柳橙汁，想了想媽媽的話，然後好像不太在乎似的冷冷說道：「我不明白克勞德．戴葛爾怎麼會得那個獎，那個獎是我的，大家都知道那個獎是我的。」

克莉絲汀用手指輕觸孩子的臉頰，說：「有時候事情就是這樣，我們也只能接受。如果我是妳，會把這整件事忘得乾乾淨淨，再也不想。」她把女兒的頭摟向自己，蘿達露出忍耐的表情，就好像某些永遠無法完全馴服的寵物，只能耐著性子容忍主人的愛撫。蘿達忍耐了一會兒，還是忍不住把媽媽推開，用手順了順劉海。接著大概是覺得自己這麼做不夠明智，有點太不體貼，於是又使出那用來安慰人的微笑，朝杯子吐了吐粉紅色的舌尖。

克莉絲汀輕輕笑道：「我知道妳不喜歡人家碰妳，對不起。」

「那是我的。」蘿達固執地說：「那個獎章是我的。」她用力瞪著淺棕色的圓眼睛，不肯屈服。「那是我的，那個獎章是我的。」

克莉絲汀嘆了口氣，走到客廳，跪在窗邊座位上，將沉甸甸的舊式百葉窗收上去鉤好，讓早晨柔和的陽光照進來。快七點了，街道正迅速甦醒過來。米賽頓先生走出他家前廊，打個哈欠，抓抓肚子，小心翼翼彎下腰去拾起早報；楚畢家和坎寇家的廚子從相反的方向出現，彼此點頭揮手致意，然後同時消失在各自雇主家的屋角；有個半大不小的女孩，雙腿細得跟小孩子畫裡用直線代表的人腿似的，頭上緊緊裹著頭巾，用有點八字腳的姿勢追趕著公車，遠看像新手在溜冰……

這些都是克莉絲汀最熟悉的事物，天天得見。她回過頭來，開始整理客廳。潘馬克夫婦結婚多年來一直都住公寓，後來為了先生的工作搬來這個城鎮，打算改找一間獨棟的房子，但始終找不到合適的，只好先在這間公寓住下來，希望有一天能夠自己蓋一棟。

這是間維多利亞式的優雅公寓，共分三層，由紅磚砌成，有塔樓、凸肚窗、尖頂，還有位置對稱的裝飾用噴水孔，看得出建築師對於此種風格多麼狂熱。房子蓋在一座天然的小丘上，離街道有一段距離，隔著濃密的灌木叢，兩側草坪照顧得很好。屋後的空地在建屋之初就規畫為住戶孩子的活動空間，圍在高高的磚牆之內，是個私有公園。潘馬克家就是看在這小公園的份上，才會選擇住進這間大而無當的公寓。

門鈴響起，克莉絲汀前去應門。門外的人是住在樓上的莫妮卡．布里德勒太太，她興高采烈朗聲說道：「我怕妳睡過頭，來確認一下，今天早上太重要了。我本來以為我弟弟艾默里會跟我們一起去，結果他到現在還在睡，這世上大概沒什麼東西能讓他在八點前起床。不過他勉強睜開眼睛跟我說，他的車就停在大門口，我們可以開他的車去。所以，如果妳不反對，我可以載妳和蘿達去奉恩小學，這樣妳就不用費事把車從車庫開出來了。」她又對蘿達說：「親愛的，我有兩件禮物要給妳。第一件是艾默里送的，是一副鑲水鑽的墨鏡，他要我跟妳說，這是要用來給漂亮的棕色眼睛遮太陽的。」

蘿達立刻奔向莫妮卡，克莉絲汀看見她臉上露出「蘿達式的貪婪」——她每次很想要某樣東西的時候，就會露出這種表情。她乖乖站好，讓莫妮卡幫她戴上墨鏡，然後轉身審視鏡中的自己。莫妮卡向後退一步，緊握雙手，發出讚嘆：「妳看看，這位耀眼的好萊塢巨星是誰呀？這真的是住在我家一樓的小蘿達．潘馬克？這位成熟又可愛的小姐真的是那人見人愛的小蘿達．潘馬克嗎？」

為求效果，她頓了一下，然後壓低聲調。「現在要頒發第二個獎項，這個獎是『我』送的。」她從包包裡拿出一條精工打造的項鍊，墜子是個可以打開的小金心。她說這顆小金心是她八歲生日的禮物，在珠寶盒裡躺了許多年，就為了今天。她的生日在一月，所以金心上鑲了一顆石榴石，那是一月的誕生石。她說她會找時間把它送去珠寶店，請師傅把石榴石換成蘿達的誕生石土耳其玉，順便把鍊子也修一修，畢竟過了五十多年，扣環有點鬆了。

「我能不能兩顆石頭都要？」蘿達問：「石榴石能不能也給我？」

克莉絲汀笑著搖頭反對，說：「蘿達，蘿達，妳怎麼能說這種話？」

莫妮卡卻放聲大笑，開心得不得了。「當然可以！親愛的，當然可以！」她坐下來繼續說：「能遇到這麼自然不做作的小女孩，真是太棒了！當年湯瑪斯．賴特福叔叔送我這顆小金心的時候，我緊張得舌頭都打結，只會呆呆站在客廳裡扭衣角，覺得自己很遜。」

那孩子上前摟住她脖子親她，態度非常親熱，輕聲笑著拿自己的臉去擦她的臉，用甜美羞怯的聲音喚她：「莫妮卡阿姨。」尾音拖得長長的，甜膩極了。「噢，莫妮卡阿姨。」

克莉絲汀轉身走向飯廳，心想：蘿達真會演戲，有利可圖的時候，她可真懂得怎麼去操控別人。她覺得這挺有趣，又多少有點擔心。

等她再回到客廳的時候，莫妮卡正在審視那孩子的衣裳，笑著說：「妳穿成這樣，不像要去海邊野餐，倒像要參加正式的下午茶聚會。我知道我落伍，可是小孩去野餐不是都該穿連身褲或運動服才對嗎？親愛的，妳穿這身紅白點點的洋裝真像個小公主，告訴我，妳難道不怕把它弄髒？不怕不小心跌倒，會把新鞋刮壞？」

「她既不會弄髒衣服，也不會刮壞鞋子。」克莉絲汀頓了一下，又說：「蘿達從來沒弄髒過任何東西，我都不知道她是怎麼辦到的。」她看見莫妮卡眼中的疑問，直接答道：「我也想讓她穿得和其他小孩一樣啊，可是她很想這麼穿……嗯，她硬是想把自己最好的衣服拿出來穿，我也看不出有什麼理由可反對。」

「我不喜歡連身褲。」蘿達有點遲疑但非常嚴肅地說：「連身褲很……」她說到一半停了下來，好像不想把話說完。莫妮卡開心大笑，說：「妳想說的是，穿連身褲很不像女孩子吧？是不是呀，我的小可愛？」她再度把這耐住性子忍受她的小女孩擁入懷中，愉快地說：「噢，我這老派的小可愛！噢，我這典雅透了的小可愛呀！」

出發之前，蘿達先進房間把項鍊收好。她的鞋子一離開地毯，踏到硬木地板上就噠噠作響。莫妮卡說：「妳走路的聲音像佛雷・亞斯坦（Fred Astaire）跳踢踏舞似的，鞋上裝了什麼呀？是什麼我沒聽說過的新奇玩意兒嗎？」

蘿達走回來，單手扶在莫妮卡肩上，乖乖站著讓莫妮卡抬起她一隻腳，看她的鞋。這雙鞋比一般的重，皮製的厚鞋跟上釘了半圈金屬防滑釘，是特別設計給小孩穿的。蘿達說：「我老把鞋跟磨壞，所以媽媽幫我把這雙鞋裝上了防滑釘，好讓它能穿久一點。這主意不錯吧？」

「這是蘿達的主意，不是我的。」克莉絲汀說：「功勞不能算在我頭上。妳也知道，我這人大部分時候都不切實際，哪裡想得到這種事，這完全是蘿達的主意。」

「我覺得這樣很好。」蘿達嚴肅地說：「這樣省錢。」

「噢，我窮酸的小可愛，妳真像個節儉持家的小家庭主婦！」莫妮卡抱住蘿達，又說：「我們該拿她怎麼辦呀？克莉絲汀，妳說說，我們該拿這個了不起的小寶貝怎麼辦呀？」

她們走出公寓大門，在大理石台階上被迫停下腳步，因為工友雷洛伊・傑塞普正在用水管沖洗屋外的走道。他工作的時候永遠掛著一張臭臉，好像上天待他甚為不公，居然讓他來做這種既繁瑣又不重要的小事。他一邊做事，一邊碎碎唸，心裡不斷怨天尤人，怪自己命苦，生為不幸的佃農之子，成為不公平體制下的受害者。

他明明知道那兩名婦人帶著小女孩站在台階上，卻假裝沒看到，故意轉身面向街道，然後靠眼角餘光把水管朝她們噴。她們嚇了一跳，趕緊往後退，他開心得掩嘴止住笑意。

莫妮卡耐住性子說：「雷洛伊，你能不能好心點？把水管移開，我們要走到我弟弟車子那邊去，快遲到了。」

他假裝沒聽見，想拖愈久愈好，可是莫妮卡耐心已經用盡，朝他大喊：「雷洛伊！你這次是怎樣？完全喪失理智了嗎？」

他沒禮貌地瞪著她看，猶豫了一下，然後遺憾地把水管轉向草坪，咕噥著說：「我在做事，可是妳不在乎，對吧？我可沒空坐車去野餐，我有一狗票工作要做。」

他叉腰站在那裡，心想自己終日讓這些人使喚，真是太不公平了。他住不起大房子，請不起傭人，更沒有豪華轎車可開。他的爛車就算送給收破爛的，人家都不會要。他小時候穿不起漂亮衣服，也讀不起私立學校，那種學校貴得要命，還會常常為那些廢物學生辦野餐、同樂會什麼的。他可沒唸過那種學校！他得自己走路上學！不管天氣如何都得走路去，而且多半得光著腳沒鞋子穿。可是他比這些有錢的笨蛋聰明得多。逮到機會他就讓這些笨蛋出醜，讓他們知道他的厲害……

他自怨自艾，覺得自己實在好可憐，他現在是個窮光蛋，當年像蘿達這麼大的時候也一無所有。這世界耍了他，沒把他應得的東西給他。他看著她們走過鋪石路、走上人行道，忽然一轉身，把水管朝上，讓水噴到那群討厭鬼腳上。

莫妮卡的手原本已經搭上車門，這下子猛然放了下來。她閉上眼睛，臉和脖子都漲成深紅色，冷靜地從一數到十，才開始以教養良好的聲音來論斷雷洛伊的情緒狀態：過去她曾以為他只是幼稚、衝動，容易讓毫無道理的怒氣沖昏頭，只是有一點點天生的精神問題；可是現在，親眼見著這一幕以後，她不禁要懷疑過去輕判了他，他肯定患有精神分裂症，外帶偏執狂症狀。還有，他粗魯無禮，亂使性子，這棟樓的住戶都受不了，現在她也受夠了。也許他並不知道，要不是她插手干預，他的工作早就丟了。其他住戶（包括她弟弟艾默里在內）都很樂意打發他走路，只有她為他求情。她倒也不是覺得他沒錯，只是考慮到他的心理問題，認為他無法為自己不合理的行為負責而已。

克莉絲汀拉拉莫妮卡的袖子，安撫她說：「他不是故意要噴濕我們，是意外啦，我確定這是意外。」

「他故意的。」蘿達說：「我了解雷洛伊，他就是這種人。」

莫妮卡憤慨地抖抖肩膀，說：「這不是意外，親愛的克莉絲汀，我跟妳保證，這不是意外。」不過說著說著她氣已經消了一半，所以又寬容地伸出雙手，加了一句：「這是故意的……不過，也就只是精神病孩子的惡作劇罷了。」

「他是故意的。」蘿達語氣很冷，圓圓的眼睛精明地瞪著雷洛伊，彷彿能夠看穿他顫抖的心。她直接對著他說：「你從我們還站在台階上的時候就決定要這麼做了，你下定決心要噴濕我們的時候，我正盯著你看。」

雷洛伊發覺自己這回玩過頭了，他對這些人的蔑視和那幻想出來的不公不義害他做出了不理智的事。他立刻卑躬屈膝在濕濕的鋪石地面上跪了下去，掏出手帕，低頭為布里德勒太太她們擦鞋，以表謙遜與屈服。

克莉絲汀覺得很不好意思，趕緊後退避開：「噢，請別這樣！請別這樣！」

莫妮卡打開車門。她氣消了就後悔了，覺得自己發那麼大脾氣很可恥，有點不應該。「唉，好吧！算了！可是我的耐心也有限度，你要放明白點。」

雷洛伊把手帕揉成一團丟到街上，起身站得筆直，感覺力量又回來了，他知道他能搞定這件事，也能搞定其他一切……那個漂亮的潘馬克太太是個腦袋不清楚的金髮妞，根本搞不清楚狀況。她太笨了，無法理解他對她的瞧不起。有種人心很軟，很好騙，很容易為別人難過，她就是這種人，對別人太好，一下子就給吃定。這種人讓你呼嚨了以後不但不會反擊，還會有罪惡感，以為是自己的錯。他傲慢地朝草皮唾了一口，回復到自我感覺良好的狀態。

至於那位布里德勒夫人，那個滿口大話的賤人，就是另一回事了。她一樣搞錯了，但搞錯的原因不同。她自以為聰明，以為自己什麼都懂，以為全世界就她最精。雖然她也有罪惡感，但不是出於謙遜，而是出於自戀。她不期望別人能達到她的標準，因為期望平凡人去達到她那種聰明人的標準太不公平。今天發生了這種事，事後她會良心難安，會派女僕送十塊錢下來給他，好安撫自己的良心。這人可真了不起！

他拾起水管，知道自己會得到最後的勝利，一如往常，這些人笨死了。等著瞧吧，等……忽然，蘿達開口說道：「你是故意的。我很清楚你這個人。你也知道，你以後還會繼續做這種事。」

他大吃一驚，這孩子臉上沒有半點生氣的樣子，甚至也沒有不贊成的意思，純粹只是要堅持她對他個性的評斷。他明白了，這小女娃對他瞭若指掌，無論他做什麼事，唬得了別人，可唬不了她。他在她洞察一切的目光下困惑地轉身走開，覺得自己在她面前全無招架之力。

車開動了，轉過街角的時候，陽光照在布里德勒太太的戒指上，閃了一閃。他咬牙切齒地罵，罵的不是布里德勒太太，而是那個小孩。「賤人！小賤人！比我還狠！我看她不但能在人肋骨上捅刀，還能站在旁邊看著血往外噴！」

蘿達輕聲說：「有時候雷洛伊想使壞，會說公園柵門的鑰匙不見了，門打不開，小孩就沒辦法進去玩。其實他是要逼人家求他。我覺得雷洛伊這人很壞。」

莫妮卡平日的幽默感已經完全回來了，她說：「我好喜歡蘿達講話這個鼻音唷。」她慈愛地摸摸蘿達的耳垂。「多美妙的鼻音，多迷人的鼻音啊，親愛的，能不能找時間教教我啊？」

克莉絲汀輕輕笑了笑，伸手去碰女兒的手，說：「有我嚇人的中西部腔，再加上肯尼斯的新英格蘭腔，這可憐的孩子想沒鼻音都難啊！」

雷洛伊把水管從水龍頭上轉下來，收回地下室，心想：依我看呀，沒人能狠得過蘿達，也沒人能狠得過我，我想我和蘿達是同一種人。

這個時候他還不知道，他錯了。他和蘿達並不是同一種人。因為他只會在腦中空想，蘿達卻能付諸行動。

2

潘馬克太太是在去年八月把女兒送進奉恩小學的。當時，負責入學申請的玻哲絲小姐以精明幹練的語氣對她說：

「您可千萬別以為我們是那種所謂『前衛』的學校，我們不但給學生最優雅、最高尚的生活教養，更為他們在實用的課程中打下堅實的基礎，要求他們拼字精確、朗讀流利，朗讀的時候還要盡可能有表情。我們教算術用的是正統方法，我們認為要學算術就該用書、用黑板來學，不該在花園沙堆裡數貝殼和花瓣。」

「是，您說的對。」克莉絲汀說：「我們住在芙羅拉貝公寓，聽鄰居布里德勒太太說過奉恩小學的情形，聽完她的敘述以後，我和我先生都覺得貴校正是蘿達的理想學校。」

這時克蘿蒂亞．奉恩小姐正好走進來拿東西，聽見克莉絲汀不太肯定地問：「您認得布里德勒太太吧？」兩姐妹互望一眼，似乎不敢相信有人竟會問出這種問題。「莫妮卡．布里德勒？」玻哲絲．奉恩小姐的語氣很驚訝。「當然認得！沒人不認得莫妮卡，她是我們最活躍的市民之一，幾年前還當選過模範市民哩！」

奧克塔薇亞．奉恩小姐走進來，在她自己的桌子後頭坐下，有教養地笑著說：「潘馬克這個姓氏我倒是不太熟悉。這個姓很特別，如果聽過，應該不會忘記。您搬來很久了嗎？」

克莉絲汀說：「不，不久。我先生在卡蘭德航運公司工作，我們一星期前才從巴爾的摩搬來，在這裡還沒認識什麼人。」奉恩小姐嘆了口氣，露出有點為難的樣子。克莉絲汀看出她的意思，趕緊補上一句：「我先生是新英格蘭人，潘馬克這個姓氏在那裡比較有名。」

「敝校學費不算便宜。」玻哲絲．奉恩小姐說：「學費收得高，是為了要篩選出合適的學生，寧缺勿濫。」

奧克塔薇亞小姐說：「在這裡妳絕不會看見虛榮與勢利，我們對孩子的問題都懷抱同理心來處理，完全沒有偏見與歧視，可是我們也絕不認為看輕先人所掙到的社會階級對孩子會有什麼好處。在羅斯福掌權的時代，有些人曾把貶低祖先的成就當做一種流行，我們認為那並不明智，先人努力聚積下來的名聲、威望和財富不該受到輕視。」她停頓一下，又說：「換句話說，我們主張人人平等，但也堅信這種理想恐怕只在所有成員都身處同等階級的團體才適用，當然，我指的是上流階級。」

克莉絲汀聽完這番了不起的說法，想了一想，說：「我想您會發現我們的家庭背景還算差強人意。」接著又用更謹慎的語氣指出，她自己出生於中西部，幼年時期在全國各地都住過；珍珠港事變那年夏天，她在明尼蘇達大學拿到大學學位，學業成績並不算特別傑出，但還過得去。她遲疑片刻，又說：「我父親，我摯愛的父親，在二次世界大戰的時候飛機失事過世了。家父名叫理查·布拉佛，是專欄作家，也當過戰地記者，當時很有名氣。」

「我知道他！我知道他！」奧克塔薇亞小姐說：「我很熟悉他的文章，文筆優美又富想像力。」她望向兩個妹妹，見她們都點頭稱是，又接著說：「令尊是聰明有深度的好人，過世實在令人遺憾。」

玻哲絲小姐說：「圖書館裡有一本他的文集。」奧克塔薇亞小姐抬手要她不用再往下講，潘馬克太太女兒的入學資格已經通過認可。「我們的入學名額有限，這您知道，而且下學期名額已滿，可是我們一定會設法為理查．布拉佛的外孫女擠出一個位置。」說完這話，奧克塔薇亞小姐就起身行禮，走出了房間。

三姐妹中的老么克蘿蒂亞小姐在檔案櫃裡找到了她要找的東西，回頭說道：「原來莫妮卡．布里德勒是您的鄰居？我第一年出席社交舞會的時候，她在某場舞會中踩住我的裙裾，把它踩掉了，害我好丟臉，窘到跑回家，再也不敢回去！」

「莫妮卡是鎮上第一個剪短髮的女人。」玻哲絲小姐說：「也是第一個公開抽菸的女人，至少是大家閨秀中的第一個。」

克蘿蒂亞小姐又說：「下回見到她，請幫我告訴她，我想她之所以踩我裙裾，是因為那天晚上葛拉斯上校跟我跳了三次舞，沒跟她跳半次。」

克莉絲汀點點頭，保證會把話帶到，但後來卻忘了。直到野餐會這天，抵達學校的時候，她看見克蘿蒂亞小姐拖著裝滿紙張的麻布袋穿越草坪，才猛然想起。她微笑回想往事，等莫妮卡停好車、蘿達走進無花果旁的孩子群裡以後，才把舊話轉述給莫妮卡聽。莫妮卡聽完大笑起來，說那件事情她記得清清楚楚。

那天是帕格薩斯協會每年舉辦一次的盛裝舞會，她只不過把穿著舞鞋的腳趾頭放到可憐兮兮、髒髒臭臭的克蘿蒂亞的裙裾上，微微施了那麼一點點壓力。當時克蘿蒂亞手搭在葛拉斯上校的胳臂上，咯咯笑著，正要走開，於是，如她所料，那裙裾脫離禮服，掉了下來，就跟馬克斯兄弟的老電影演的一樣。原來當年奉恩家的女兒沒什麼錢添購新衣，所有的衣服都由三人共有，衣櫥就像摸彩箱，有需要的時候，抓到什麼就穿什麼。她們盡可能將衣物拆開再重組，做出樣式和配色上的變化，好造成新鮮的假象。可是正因為每種組合都只會出現一次，下回就得拆開重組，為求好拆，所以縫得並不牢靠。

莫妮卡開懷大笑，得意非凡，她告訴克莉絲汀，克蘿蒂亞猜得沒錯，她確實是故意的，但並不是因為克蘿蒂亞和葛拉斯上校跳了三次舞。那個葛拉斯上校是個自大鬼，只對釣魚和紀律有興趣，無聊得要命。她之所以會惡搞克蘿蒂亞，是因為克蘿蒂亞勾引她弟弟艾默里。無論魏吉斯家的家運未來如何，她都絕不容許家裡出現克蘿蒂亞・奉恩這種乳牛似的邋遢鬼。

兩輛巴士在路邊停下，有些孩子已經開始上車。莫妮卡四下張望，呼喚蘿達。蘿達跑過來後，莫妮卡問她：「戴葛爾家的小男孩在哪兒？那個得書法獎的小孩在哪兒？他到了沒？我還沒見過他。」

「他在那邊。」蘿達說：「就站在大門旁邊。」

那孩子膚色蒼白，非常瘦，有張楔形長臉，粉紅色的下唇過於豐厚，顯露出某種放在他身上不太合適的性感。他媽媽站在旁邊，看起來像是個占有欲很強的母親，眼睛瞪得有點凸，整個人感覺很緊繃又很強勢，一直在乖順的兒子身上整理個沒完，一下調整帽子的位置，一下撫平領帶，一下拉襪子，一下又用手帕擦擦他的臉。他的書法獎章別在襯衫口袋上，他媽媽彷彿知道人家會談論這個獎章，緊張地摟著兒子肩膀，用手捧著那個獎章，好像得獎的人不是她兒子，是她。

莫妮卡笑著哄蘿達：「要不要表現妳良好的風度，過去恭喜他？跟他說，既然妳沒法得獎，那麼妳很高興得獎的人是他。」她拉起小女孩的手，想帶她往大門走，但蘿達掙脫開來，說：「不要！不要！」她用力搖頭，堅決地說：「他得獎我才不高興，那個獎是我的。那個獎是我的，卻被他拿走了。」

莫妮卡沒想到這孩子反應如此激烈，愣了一下，然後又大笑起來。

「噢，親愛的，我真希望我的反應也能像妳這麼直接。」她笑著轉頭要對克莉絲汀說：「小孩的想法這麼天真，真是太棒了，一點城府也沒有，半點不會騙人。」可惜剛剛克莉絲汀看到奧克塔薇亞小姐點頭示意請她過去，已經走開了。

她們在種了毛茉莉的側廊上站著說話。奧克塔薇亞小姐說：「潘馬克先生沒能和您一起來，我妹妹和我深感失望。人人說他年青有為，我們久仰大名，一直未能得見，深感遺憾。原本以為他昨天會來參加結業式，想必是公務繁忙，無法抽身吧。」

克莉絲汀說明丈夫的狀況，他目前的工作大部分時間都得離家在外，前一週才剛上船，現在人在南美洲研究西岸的港口設施，她只收到他抵達後報平安的電報。當然，她很想念他，可是也不能不接受現實，這一去整個夏天都不能回來。假如有可能，他一定會來參加昨天的結業式，他對奉恩家三姐妹也仰慕已久，非常希望有榮幸能和她們見面。

她們在側廊搖椅上坐下來，沉默了一會兒。奧克塔薇亞小姐書教久了，很清楚家長心理，有些事他們會想知道，但不一定會開口問，便主動說：「您想不想聽聽我們對蘿達的看法？想不想知道她在學校的表現？」

克莉絲汀說她願聞其詳。這孩子從小就難懂，她和丈夫都不太了解她。她不知道該怎麼說，但總之這孩子的個性中有種過於成熟的特質，讓他們有點不安。他們認為，像奉恩這樣重視傳統美德和紀律的學校，對蘿達來說應該是最理想的，應該可以消除、或者至少可以緩和她個性中令人擔心的部分。

奉恩小姐對剛剛到校的家長和孩子點頭打招呼，把手按在額頭上，像是要整理思緒。她說，從某方面來看，蘿達是全校最令人滿意的學生，她從不曠課缺席，從不遲到早退，在課堂上，每個月的儀態都得一百分；在操場上表現得也很好，整個學年下來，每個月在不依賴別人和照管東西這兩方面也都是一百分。這樣的成績在學校裡史無前例。要是潘馬克太太跟奉恩小姐一樣是個老師，這輩子處理過那麼多學生事務，就會明白這個紀錄有多麼難得。奧克塔薇亞小姐戴上她那頂爛草帽，擋住穿過頭頂上方樟樹樹葉的早晨陽光，說：「蘿達是個老成謹慎的孩子。」又說：「也許她是我所遇過最『乾淨俐落』的小孩。」

克莉絲汀笑說：「蘿達真的很愛乾淨。我先生說，不知道她的整潔打哪兒來，但絕對不是我們兩個遺傳給她的。」

玻哲絲．奉恩小姐也走了過來，在姐姐身邊坐下，聽了一會兒，說：「我想，蘿達性格中最神祕的部分是她完全不需要別人，這和一般人大不相同，她是個『自給自足』的小女孩。我這輩子還沒見過哪個人像她這麼獨立自主的！」

克莉絲汀嘆口氣，開玩笑作了個誇張的手勢，說：「我有時候還真希望她依賴一點，有時候我真希望她能別那麼實際，多一點感性。」

與孩童相處經驗十分豐富深刻的奧克塔薇亞小姐柔聲說道：「您沒法改變她的，這孩子活在自己的世界裡，而且我深信，那個世界與妳我的世界完全不同。」

玻哲絲小姐說：「這孩子才八歲大就好像可以獨立了，很多人比她大得多都還辦不到。」她起身走下台階，停步又說：「蘿達有很多特質都是小孩中少見的，尤其難得的是她特別勇敢，有些東西會把一般小孩嚇哭或嚇跑，卻完全嚇不倒她。還有，我們發現她絕不告密，去年冬天有個男生朝對街尼克森太太家的窗戶扔石頭，然後……」

奧克塔薇亞小姐和藹地說：「妳要是看見愛德蕾德．尼克森那激動的樣子，會以為有人投了氫彈。」

玻哲絲小姐說：「總之，蘿達看見了事發經過，而且，理所當然知道做錯事的是哪一個男生，可是當我們問她的時候，當我們告訴她『檢舉罪犯是好市民應盡的義務』的時候，她卻什麼也不肯說，就只搖搖頭，繼續吃她的蘋果，還用那種精明到有點瞧不起人的眼神看我們，有時候她會有那種眼神，您知道吧？」

「噢，我知道！我知道！」克莉絲汀說：「那種眼神我可見多了！」

玻哲絲小姐說：「要不是那個小男生第二天自己崩潰，哭著承認是他幹的，我們永遠都不會知道真相。」身為校長的奧克塔薇亞小姐接著說：「起初我妹妹和我都認為蘿達如此任性、不肯合作，應當受罰。但最後的結論是，她的態度是一種忠誠的表現，不該記過……否則會損及她完美的紀錄。她只是拒當告密者而已。」

克莉絲汀伸手放在奧克塔薇亞小姐的胳臂上，問：「她在學校受歡迎嗎？同學喜不喜歡她？」

這問題很難回答，奧克塔薇亞小姐不知道自己究竟該說假話，還是老實說同學對蘿達又厭惡又害怕。就在她左右為難的時候，妹妹幫她解了圍。站在人行道上的克蘿蒂亞點完了名冊上最後一個名字，宣布大家可以上車了。車子即將出發，野餐會即將開始，三位奉恩小姐抱著滿滿的雜物和潘馬克太太一起走過長長的鋪石路，走向大門。那些雜物都是她們最後一刻才想到要帶的，也不知道最後有沒有人能想得出這些東西能派上什麼用場。

大家聚在大門口，說說笑笑，亂成一堆，行動沒個章法。好一會兒之後，奉恩小姐、她們的助理和學生才通通上了車。第一輛車終於出發了。車一開動，司機就像小鳥似的側頭，好像聽見什麼奇怪的聲音，原來這輛巴士原本停在樟樹下的車道上，樹枝垂得很低，車往前開的時候刮過枝葉，司機聽見的是帶著香氣的葉子紛落如雨的聲音。

第一輛車一出發，假期就開始了。對街人家院子裡草坪上原本把頭枕在前腳上安睡的兩隻狗跳了起來，狂吠不已。原地打轉不夠，還沿著柵欄想追車跑。第一輛車有個小男孩帽子給風吹掉了，落在街上，巴士只好停下，等莫妮卡・布里德勒邊笑邊跑紅著臉追上來，把揀起來的帽子送回主人手上。第二輛車有個小女孩的寫字板掉出窗外（沒人明白她怎會認為寫字板適合帶去野餐會，她有她自己的理由），司機在叫聲、噓聲和口哨聲中停住車，跑回去撿寫字板。戴葛爾太太就趁這個時間跑到車邊，最後一次緊緊抓住兒子的手。她充滿愛意地撫摸兒子乖順伸出窗外的那雙濕濕的手，問：「頭還疼不疼？有沒有帶乾淨手帕？」

司機帶著寫字板回到車上，用誇張的語氣裝出無比的耐心說：「小心啊！這位太太，請您離那扇窗遠點喔！」

「不可以太勉強自己，聽到了嗎？」戴葛爾太太抓緊時間作最後叮嚀。「盡可能別曬到太陽啊。」

巴士緩緩向前移動，街道兩旁的住戶都走到自家窗邊向這些出門旅遊的孩子們微笑揮手。車子轉彎的時候，司機都謹記奧克塔薇亞小姐的囑咐，她再三警告過他們，務必謹慎小心。街道終於回歸平靜，郊遊正式開始了。蘿達離開自己的位子，改坐到離小戴葛爾近一點的地方，目光緊緊鎖住那個書法獎章，不發一語。過了一會兒，她覺得可以出手了，就起身站到那小男孩旁邊的走道上，伸手去碰那個獎章，克勞德氣呼呼地閃開，說：「妳去別的地方，不要來煩我好不好？」

巴士駛離以後，克莉絲汀就向莫妮卡的車子走去。她回頭找尋她朋友的身影，看見莫妮卡一如往常處於人群中心，身邊圍繞許多舊識，顯然和這些人許久未見，她以她一貫的風格手舞足蹈說話，說得非常起勁，激動處還會用力點頭來加強語氣。克莉絲汀見此光景，就站在人行道和街道之間的狹長綠地上，等她把故事講完。

有兩個男人走過來，在她身後的紫薇樹下站定，兩人同時望了望手上的錶。個子比較高的那個說：「前幾天我讀到一段話，說我們活在一個焦慮的年代。你知道嗎？我覺得他說得很對，很中肯。我回家跟露絲說的時候，她說：『一點也沒錯！』」

「人類存活的年代沒有一個不焦慮的。」另外那個人說：「依我看呀，我們活在一個暴力的年代，我覺得現今每個人的心裡都存著暴力的念頭，非得要把一切都破壞殆盡不可。要是靜下來好好想想這事，還真可怕哩！」

「嗯，也許我們身處的這個時代既焦慮又暴力。」

「這麼說就對了，沒錯，就是這樣。」

他們握握手，約好下週共進午餐，然後分頭走向各自的妻子，她們正朝丈夫招手。克莉絲汀靜靜站在原處，思索剛剛聽見的話，忽然覺得暴力好像是人心中避也避不了的要素，是一樣根深蒂固的東西，就像一顆壞種子，藏在仁慈後面，藏在同情後面，藏在愛的懷抱後面，有時候藏得很深，有時候就靠近表面，但無論如何，它總在那裡，伺機而動，非常可怕。

過了一會兒，莫妮卡過來了，她像女王般威嚴地和克莉絲汀一起走到車子旁邊，說：「克蘿蒂亞裙裾事件有象徵性的意義，也難怪她會記這麼多年，還把事情告訴妳，對此我並不驚訝。我在做精神分析的時候，克蘿蒂亞的裙裾也一再浮上心頭，甚至成為我焦慮神經症的關鍵場景之一。」她揚起頭，和身旁經過的人打招呼，又繼續說：「我這麼黏可憐的艾默里，戀弟傾向如此明顯，無須贅述，反正亂倫已經算是老套。在我的分析師看來比較有趣的是，踩掉裙裾顯露出對陽具的妒羨和敵意，同時，顯示出我同時具有想要閹割男人和傷害女人的衝動。」

她滔滔不絕，講得非常起勁，住口時還意猶未盡。可是她知道這些話題太容易引起人家的激烈反應，對某些尚未完全開化的人而言，甚至是種禁忌，即使是以超脫的科學觀點為切入角度，即使討論的對象是像克莉絲汀這麼客觀理性的人，還是應該要慎重小心，要不然人家會覺得你邪惡墮落，或至少有點奇怪。但無論如何，踩掉克蘿蒂亞的裙裾一事看似天真簡單，卻透露出這許多含意，有那麼多關聯，還真是有趣。只可惜她得自我克制，閉上她的大嘴巴，少說兩句。天曉得，這些話若是聽在沒有偏見、能夠理解的人耳裡，其實真的很平常呀！

克莉絲汀的心思還在剛才那兩位男士的對話上，根本沒把她的話聽進耳裡，一直想著「暴力」這個主題。她父親，她深愛的父親，就是死在無情的暴力之下。她心想，他還那麼年輕，應該還有好多年可活才對，如果當年沒有出事，今天應該還健在，還能像我小時候那樣，在我害怕的時候安慰我。她還記得最後一次見他，是他搭乘的飛機在南太平洋遭敵軍擊落前一個星期，母親生病在家，克莉絲汀送他去機場，雖然沒有必要，但她每次都堅持要幫父親打點行李，這一回還送他上路，踏上此生最後一段旅程。他抱住她，臉頰緊緊貼住她的臉頰。現在回想起來，當時他也許已經預知自己走到了生命盡頭，知道此去不會再回來，所以他親親她，在她耳邊輕聲說：「妳為我這輩子帶來很多快樂，我愛妳遠遠超過其他事物，無論未來如何，這一點我要妳牢牢記住。我要妳永遠保持現在這個樣子，永遠不要變。」

克莉絲汀想到這裡，連忙把頭轉開，免得莫妮卡敏銳的眼光看出她的心情。她用別人聽不見的聲音在心裡說：「我記得，爸爸，我記得。」

莫妮卡把車停在槲樹下，抬眼看見雷洛伊在屋後擦拭銅器，她抿嘴作出難過的樣子，說：「很遺憾剛剛水管的事我那麼認真，可是就連聖人的耐心都不見得經得起雷洛伊來磨，我每次都提醒自己，他的背景和機會不如我們，命沒我們好，所以我不該對他有太高的期望，可是常常在一時之間還是會忘記高尚的情操，對他發脾氣。」

雷洛伊聽見布里德勒太太的聲音，抬頭對上她的眼神。她點點頭愉快地朝他揮手，表示前嫌盡釋，她沒把之前的不痛快放在心上，已經原諒了他粗魯的行為，不會記恨。可是雷洛伊沒這麼容易和解，尤其他自覺勝券在握，更是不肯輕放。莫妮卡招呼他，他不理會，只瞪著她聳聳肩膀，就消失在屋側，朝後院車庫走去。他滿肚子不爽，靠在牆上，朝地上吐了口唾沫。

那個自以為無所不知的莫妮卡·布里德勒，那個大嗓門的賤女人，她以為別人什麼都不懂，就她有腦子。到處羞辱別人，到處鄙視別人，自以為了不起。這段時間以來，他已經讓她知道了他的厲害，給她不少顏色瞧了。聽說有些女人愛的是女人，如果說她就是那種人，他也不會驚訝。他心中浮出許多淫穢可怕的念頭，嘴唇不自覺扭曲起來，眼神左看右看，手在空中左砍右砍。他聽見布里德勒太太車門關上的聲音，聽見兩名女子邊走邊聊。他躲在山茶樹後面，從葉縫間偷窺。

這個漂亮無腦的金髮妞，克莉絲汀，就是另一回事了。他總有一天會把她弄到地下室去，好好讓她解放一下。他會用書上所有的方法幹她，還會想些新點子出來。他會讓她喊個痛快。讓她完事以後不能自已，從此跟著他苦苦哀求，求他再來一次。而他呢，他會隨自己高興，有時候理她，有時候不理。

莫妮卡伸手開門的時候，看了手錶一眼，喊道：「天啊！都八點十五分了！」她快步上樓，要叫弟弟起床上班。克莉絲汀回到家中，煮了一壺咖啡，坐在客廳裡邊喝咖啡邊翻早報，眼睛盯著報紙，心不在焉，腦子裡還在想過去的事。

她和丈夫是在紐約相遇的，當時她二十四歲，覺得自己這輩子應該嫁不掉了。那年她和母親同住在格蘭莫西公園，母親心臟不好，在家養病，她盡可能陪著。現在想起來，她真高興能有這個機會報答母親的恩情，雖知大恩難以盡報，但能多做一點點也是好的。她的母親知道自己不久於人世，卻不願給別人造成負累，不願凡事都要麻煩別人，所以克莉絲汀找了份藝廊的工作，工時不長，母親有事隨時都能找得到她。

那年冬天，她母親的老朋友博嘉德斯太太為姪子辦了場晚宴，邀克莉絲汀參加。她姪子是位年輕的海軍上尉，名叫肯尼斯．潘馬克。克莉絲汀並不怎麼想去，是為了讓母親高興才答應的，母親一直怕她日子過得太嚴謹，太少出去玩。她一見上尉就喜歡，在其他吵雜的賓客湧入之前，他倆靜靜坐在火邊，談論巴黎畫派的畫家。那天她很早就回家，心想上尉對她大概不會留下什麼特別的印象，可是第二天下午他竟在畫廊出現，對她說：「我想看看昨晚妳說十分欣賞的莫迪利亞尼（Modigliani）畫作。」她把畫拿給他看，他看完又說：「我在考慮把這畫買下來，送給我將來要娶的人，妳想她會喜歡嗎？」克莉絲汀說她一定會喜歡，假如她不喜歡，就太愚蠢無趣，也就不值得上尉追求了。於是他將畫買下帶走。

當天晚餐前，他打電話到家裡給她，說他整晚都得陪著克萊拉姑姑，聽姑姑說家族舊事，所以不能照自己的意思去看她。但是到了十一點，他又打來說姑姑終於上床睡覺，接下來的時間是他自己的了，他想請她出去，找個地方跳舞。那天晚上她回家時精疲力竭，但心中卻滿足又篤定，她知道肯尼斯．潘馬克就是全世界最適合她的男人。第二天是星期天，他打電話來的時候，她約他來家裡喝茶，見見她母親；之後他們去逛自然歷史博物館。

星期一，他送花來。她母親收到一束玫瑰，她收到一朵蘭花。

星期二，他必須離開。當天早上他去藝廊向她告別，把那幅莫迪利亞尼送給了她，說：「希望妳明白我的弦外之音。」他在眾目睽睽之下擁住她，吻她，然後轉身平靜地走出門去。那天冬天，她母親去世；翌年春天潘馬克上尉來看她，他們就結婚了。她想，她的婚姻非常美滿，要是不能嫁給肯尼斯，她寧可不結婚。

她放下報紙，開始打掃。她好想念丈夫，雖然她能接受他不得不離家的現實，卻一直無法習慣。她靜靜站在客廳裡，心想，她這輩子老是在等人，以前等待父親，現在等待丈夫。

這回他一去會很久，所以他們考慮過她要不要跟著一起去，可是後來打消了念頭。他們嘴上說是怕增加額外開銷，想多存些錢，將來好蓋房子。誰也沒把真正的理由說出口，他們真正擔心的是女兒的事。他們知道不能把女兒帶在身邊，又無法放心把她託給別人，即使是像莫妮卡這麼有耐心，這麼寵愛蘿達的人，也不可以。

這孩子一直有些異樣，他們總刻意忽略，希望過段時間就會改善，可惜他們的希望尚未實現。她六歲的時候，他們住在巴爾的摩，送她進了一所名聲甚佳、採取進步教學法的學校。一年之後，她被退學了。克莉絲汀要求校長說明原因，校長眼睛直直望著訪客別在淺灰色外套衣領上的金銀色海馬別針，好像所有的方法和耐性都早已用盡似的，有點唐突地說，蘿達是個冷酷、自負、難相處的小孩，自有一套行事方式，不會遵守別人的規矩。他們很早就發現她說謊流暢自然。某些方面來說，她比一般小孩早熟很多；但某些方面她又完全不成熟。當然，學校之所以要她退學，主要並不是因為這些原因，學校開除她的主因很簡單，她偷了人家的東西。

克莉絲汀閉上眼睛，盡可能冷靜地說：「不知道您有沒有想過，說不定……您的判斷會不會有誤？」

校長承認她不只一次想過她的判斷不見得一定正確，她確實懷疑過自己，可是在蘿達偷東西這件事上她十分肯定，不會有錯。他們為抓小偷設了一個陷阱，蘿達被抓到的時候是現行犯。她對這孩子的處分並非出於譴責，而是出於同情。「學校裡從前也出過同樣的問題，所以我立刻帶蘿達去見校內的精神醫師，請教他的看法。」

克莉絲汀嘆了口氣，雙手摀住臉，用微弱的聲音說：「他的看法如何？有什麼建議？」

校長緩了幾分鐘才說，那位精神醫師並無惡意，但他認為蘿達是他所見過最早熟的孩子，她精明，善於算計，非常特別，毫無罪惡感，也不像一般小孩子那樣會緊張，而且她欠缺愛人的能力，只在乎自己，更特別的是那需索無度的欲望。她就像隻迷人的小動物，你永遠無法訓練她遵守常規，她永遠學不會。

十點鐘，郵差來了，送來丈夫的信。克莉絲汀展讀那細心寫就的信箋，感受到他珍重的愛意，忍不住輕聲喚道：「噢，肯尼斯！噢，肯尼斯！」有了這封信，她毅然決然拋開所有煩心的事，自己此刻已經擁有一切，夫復何求。她在桌前坐下，打算回信。但在動筆之前，她緩了一緩，用雙手按住臉頰，望向窗外陽光和煦的青綠街道，靜靜感受胸中滿溢的幸福。這是明智之舉，因為這是她最後的幸福時光。

3

莫妮卡・布里德勒太太和弟弟同住潘馬克家樓上。二十幾歲的時候，她曾遠赴維也納，讓佛洛伊德教授作心理分析，那是件讓她終生難忘的大事。當時她丈夫拿她一點辦法也沒有，只能順她的意，讓她去。這事多年來她講了又講，怎麼講都講不累。她與佛洛伊德的初次會面十分熱烈，會後他坦言，要分析如此特別的性格超乎他的能力，建議她去倫敦請他的學生醫師亞倫・卡透包姆幫忙。

她常說：「幸虧我聽了他的建議。倒不是說佛洛伊德醫師有什麼不好啦，我沒有要小看他，雖說他那人有一點怪，可依然是我們這時代偉大的天才。可是卡透包姆醫師比他……比他更有同理心，你懂我意思吧。佛洛伊德忠於十九世紀的唯物主義，我認為這使得他的觀點有點扭曲。而且，他討厭美國女人，尤其討厭不但能夠自立、還想跟男人一決雌雄的女人。卡透包姆醫師卻相信每個人有各自獨特的靈魂，而且性別的影響微乎其微。他的心充滿想像力，一點也不刻板，跟我一樣。他為我做了很多很多，幾年後過世時，我不但拍電報送花去，還哭了一星期。」

三年之後，她回到丈夫身邊，立刻開始辦理離婚手續，她的丈夫也並無異議。恢復自由身後，她決定要負起責任，為弟弟艾默里建立一個家。她做到了，她不但為他建立了一個家，並且樂於分析他的性格，艾默里大半時候都默默忍受。最近她根據自己的推理得出一個結論，說他是「戴著面具的同性戀者」，在去年春天她辦的某場晚宴中緊抓著這個新話題不放，大談特談，講到最後，全桌的人除她自己以外全都窘得不得了。

「戴著面具的同性戀者是什麼意思？」艾默里問：「我沒聽過這個說法。」

莫妮卡說：「就是隱藏起來呀。」

肯尼斯．潘馬克說：「也就是說尚未浮現，還看不出來。」

艾默里無奈地笑著說：「那倒沒錯，我確實看不出來。」

他面色紅潤，身型豐滿，比莫妮卡小幾歲，髮際線已經向後退卻，肚子小而結實，襯在厚重的鍊錶下當背景很合適。他常和法蘭克．比令斯一起玩凱納斯特紙牌，莫妮卡都說他們是「牌友」。這時候比令斯問道：「莫妮卡，妳這想法是打哪兒來的？怎麼會有這種念頭？」

莫妮卡說：「我的看法完全來自聯想，再可靠不過。」她喝口葡萄酒，噘著嘴想了一下，認真地說：「首先，艾默里都五十二歲了，還沒結過婚。我甚至懷疑他根本沒認真談過戀愛。」她見常跟艾默里討論謀殺案的雷吉納德．塔斯克打算插嘴，趕緊舉手阻止。「請等一下，讓我說完，讓我們客觀來看，艾默里平日最感興趣的是什麼事？占據他靈魂的都是些什麼東西？釣魚、與家庭主婦分屍案有關的謀殺推理、凱納斯特紙牌遊戲、棒球賽，還有男聲四重唱。」她停頓片刻，又說：「艾默里星期天都做什麼呢？划船，跟男人一起划船……去釣魚。那種場合有淑女在嗎？我可以立刻告訴你答案：沒有。」

艾默里說：「當然沒有。」

莫妮卡看看大家，終於發覺自己語驚四座，她甩甩頭，很驚訝地說：「你們幹嘛一副吃驚的樣子啊？這種事有什麼稀奇！說真的，同性戀比亂倫平常多了，卡透包姆認為這不過是個人偏好而已。」

這位老太太雖然對精神分析過度著迷，一說起來就停不住，但在別的事情上並不糊塗。她從丈夫那裡拿到一大筆贍養費，投資在房地產上，成果豐碩，賺到更多。她不但寫過烹飪書，還負責市內的精神病院，在大家心目中是孜孜不倦的城市志工，擔任慈善募款活動的主席，募款不遺餘力，成效卓著。

學校野餐會那天，莫妮卡打電話邀克莉絲汀來家裡共進午餐。跟艾默里一起釣魚的朋友送來一條七磅重的漂亮紅魚。艾默里打電話回來說，中午工廠打烊後他會回來吃飯。她很久沒做紅魚了。她對克莉絲汀說：「妳和肯尼斯去年春天見過的那個雷吉納德·塔斯克也會來，就是寫犯罪實錄的那個。艾默里說，有妳在大家聊得比較開心。不如妳早點過來，我教妳怎麼做這道紅魚，祕訣就在醬料。」

莫妮卡嫌飯廳太暗，決定今天午餐要開在客廳裡她養蕨類和非洲堇的角落。她弟弟帶著客人回來的時候，餐桌已經預備好了。兩位男士聊起最近報上頗受關注的一起謀殺案。雷吉納德．塔斯克要在雜誌上寫相關報導，所以正在收集資料。莫妮卡在廚房聽見片斷談話內容，仰頭笑道：「又來了！」

這起案子的嫌犯是一名在醫院工作的中年護士，丹尼森（Earle Dennison）太太，涉嫌於一九五二年五月一日殺害年僅兩歲的姪女雪莉，以領取高額保險金。這起命案使鎮民想起了另一起命案，她另一名姪女死於一九五〇年，當時也是兩歲。第一起死亡為丹尼森護士賺到五千美金，這一回她保了六千。

莫妮卡去客廳和客人打招呼，克莉絲汀也跟出去，還帶了一大壺馬丁尼，放在茶几上。午餐即將開始前，雷吉納德提到，丹尼森護士的丈夫也出現過噁心、喉嚨燒灼感和抽搐的症狀，這彷彿是種家族傳統。他在一九五一年去世，當然，也保了鉅額保險。

克莉絲汀微笑用雙手摀住耳朵，用輕到兩位男士根本聽不見的聲音說她不想聽這些。凡是和犯罪有關的事，尤其是和謀殺有關的事，都讓她覺得難過，甚至焦慮。她在報上見過丹尼森的報導，但不願去讀，甚至連翻都不想翻，直接跳過。

「那妳有點心理障礙唷！」莫妮卡興奮地低聲說：「試著做做聯想，也許我們能找出妳焦慮的根源。」她調整一下餐桌中央的擺飾，見克莉絲汀沒有立刻回應，就又認真地說：「把妳腦子裡想到的第一件事告訴我！無論多蠢的事都沒關係，告訴我就是了！」

雷吉納德．塔斯克繼續講述案情，那年五月一日上午，丹尼森護士去嫂嫂家吃午飯，一進門就抱起姪女雪莉，和她玩耍。她說她原本有禮物要送雪莉，但忘了帶，所以心裡很不舒服，必須要立刻去附近店家買些糖果和汽水回來請大家吃。

「我什麼也沒想到。」克莉絲汀說：「腦子裡一片空白。」

「其實丹尼森護士的禮物一直帶在身上，那是她來時在路上花十分錢買的砒霜。不過說起來這禮物也不算是送她姪女的，應該算是她送自己的，因為如果那孩子順利服下，她就能獲得一大筆錢。」

她們回廚房繼續弄菜，莫妮卡又問：「現在呢？現在妳想到什麼？」她攪拌著大木碗裡的沙拉。克莉絲汀說：「我想到奉恩小姐對我爸十分景仰，玻哲絲小姐還說我長得跟他很像，可是她只看過我爸的照片，根本沒見過本人。」

莫妮卡有點困惑。「這聯想挺特別的，目前為止我還想不出道理。」她瞇著眼睛噘起嘴來，聽著客廳傳來的談話聲，心不在焉。雷吉納德．塔斯克收集的資料顯示，丹尼森護士買點心回來以後，立刻倒了一杯橘子汽水給姪女雪莉。接下來一個多小時，她溫柔細心地觀察那孩子抽搐的情形，後來，也許是因為那孩子韌性很強，有戰勝毒藥的跡象，所以丹尼森護士提出建議，說她認為小雪莉只要趕快再多喝幾口橘子汽水，讓胃舒服些，就能和平常一樣活蹦亂跳。她把汽水倒進杯裡，甜美可愛的雪莉乖乖喝下。

「好，那妳想到的第二件事是什麼？」莫妮卡繼續逼問：「也許第二個聯想會清楚些。」

「這個更蠢。」克莉絲汀想起許多過去的事，衝口而出說：「我老有種感覺，覺得自己是領養來的，覺得布拉佛夫婦並不是我的親生父母。我問過媽媽，只問過一次，當時我們住芝加哥，我剛高中畢業。可是她一直說：『妳跟誰談過？是誰把這種念頭放進妳腦子裡的？』我說那話讓她好難過，所以從此再也沒提。」

「噢，我可憐又天真的小寶貝！」莫妮卡說：「妳不曉得嗎？很多小孩小時候都以為自己不是親生的，這是最常見的童年幻想。我以前還以為自己有貴族血統，認為我是金雀花王朝的後代哩。我五歲的時候對此深信不疑，想過好多好多，只是不知道我是怎麼被放到我爸媽家門口的。這一類的神話和民間傳說多得不得了。」

她笑完以後，雷吉納德．塔斯克的聲音又傳了過來。那孩子二度喝下砒霜以後，復元無望，丹尼森護士就說她還有事，得回鎮上去了。她急著要辦的事其實就是去付保費，她為姪女買了兩張保單，金額較小的那一張保費還沒付清，今天是寬限期的最後一天。她及時繳了保費，知道大生意做成了，才安心地去吃晚餐。她有把握那孩子活不過午夜。她沒猜錯，那孩子八點左右過世，兩張保單都生效了。

莫妮卡一直在聽，不時點頭。她說在她看來，雷吉納德．塔斯克在他的專業上還挺有兩把刷子。雖然她對他的評價遠遠不如高明的精神醫師沃漢博士（Fredric Wertham），也不能和博利索（William Bolitho）或羅海德（William Roughead）相提並論，但是他某些好作品裡帶著一種同情的嘲諷，令他在同業中顯得與眾不同。

午餐準備好，可以上菜了。莫妮卡和克莉絲汀回到客廳，和兩位男士一起用餐。大家舉起雞尾酒。莫妮卡說：「兩位男士就不能找點別的事來談嗎？」

艾默里說：「她說『別的事』的時候，指的就是『性』。」他望向克莉絲汀，尋求她的贊同，但她只笑了笑就低下頭去，心思又回到往事裡。小時候有些事情令她困擾，但到底是什麼事情她卻說不上來。就連最快樂的時候，她心裡仍有些陰影，好像是從前發生過某件可怕的事，某件她不了解的事，就連事情發生當下，她也並不了解怎麼回事。那是太久太久以前的事了，記憶模糊不清，只在心裡留下一份莫名其妙的恐懼。她嘆了口氣，把頭髮往後攏攏，心想：我總覺得從前好像在某個農場住過，還有哥哥姐姐可以一起玩。

莫妮卡高高抬起下巴，然後猛然往左一轉，好像下巴上頂著一塊石頭，要用力把它往肩後丟似的。「我的抽搐今天很嚴重。」她說：「不曉得為什麼，可是我很確定。」她點起一根菸。「我跟卡透包姆醫生談過我不自主的抽搐問題，問他這該怎麼克服，結果他望著我說：『何必改變呢？這動作如此年輕，如此迷人，何必改變？』」

艾默里說：「那個卡透包姆醫生還真是個好樣兒的。」

莫妮卡欣然同意艾默里的說法。卡透包姆是個有智慧的人，棕眼裡閃著靈光。當然，他肯定一下子就能理解，她弟弟和雷吉納德在無意識中將暴力傾向轉化成了謀殺故事的閱讀與寫作，因為這是社會較能認同的東西。說也奇怪，他們兩個竟然沒去當外科醫生。不過這一點她認真想過，結論是：人類內心衝動的念頭愈是強烈，引發的防禦力也就愈強。身為群居動物，若非如此無法倖存。

她起身調整一下百葉窗的角度。雷吉納德挑逗地看著她，捏了捏她飽滿的屁股，她開心地笑了，笑聲在整間屋子裡迴響。她給他添點雞尾酒，他喝一口，繼續講下去。

後來，那孩子給送進醫院，但沒救活。醫生看了她的情況，要求驗屍，於是發現了砒霜。克莉絲汀摀住耳朵，心想，我也太脆弱了，一點都不堅強。她有點神經質地笑了一下，說：「噢，拜託！拜託！」

雷吉納德也笑了，同情地拍拍她肩膀，說這案子肯定會成為經典。丹尼森護士太過儉省，保費過期未繳，拖到不得不繳為止，這是人之常情。但驗屍報告出來，丹尼森護士不得不坦承殺人的時候，所說的話完全不合常理。她說自己萬分後悔，不該這樣毒害姪女，要是早知道這麼一點點砒霜也驗得出來，她就絕不會做這種蠢事。

吃完午飯，兩點半了，雷吉納德告辭離開。女人家進廚房收拾善後，艾默里打開收音機，收聽三點鐘新聞。播音員流利地報了一會兒國際消息，然後壓低聲音，沉重說道：「接著為您插播一則消息，今天早上在奉恩小學的年度校外活動中，有一名孩童意外溺斃。通知家屬之前，死者姓名暫不公開。稍後將再為您做這起不幸事件的後續報導。」

莫妮卡和克莉絲汀跑進客廳，守在收音機旁邊，心急如焚。「一定不是蘿達。」莫妮卡樂觀地說：「蘿達是個有自信的孩子，不會發生這種事。」她摟住克莉絲汀的腰。「出事的孩子應該是像我小時候那種膽子小、腦子不清楚、連自己影子都怕、沒有自信的孩子。我小時候就那樣，但蘿達可不是。」

過了一會兒，新聞時間快要結束的時候，又回到了這條地方新聞，現在播音員可以說出那位死去小朋友的姓名了。他叫克勞德．戴葛爾，住在柳樹街一百二十六號，是杜懷特．戴葛爾夫婦的獨生子。這次事件內容報導得比較詳細，播音員說，奉恩家有個舊碼頭，久未使用，老師明確規定小朋友不許靠近碼頭，不知那孩子怎會沉屍於碼頭邊的木樁之間。午餐點名時老師察覺他失蹤，後來警衛發現他在水裡，救上岸來，施以人工呼吸，可惜回生乏術。奇怪的是，男孩前額和雙手都有瘀血，目前猜測是被海浪推向木樁時造成的撞傷。

克莉絲汀說：「可憐的孩子！這孩子太可憐了！」

新聞繼續播道：「幾天以前，小戴葛爾在奉恩小學的結業式上獲頒獎章，今天早上戴著獎章出門，最後見到他的人說他還戴在身上，但屍體尋獲時未見獎章。雖遍搜水底，獎章仍不知去向。」

克莉絲汀趕緊回家去。她希望女兒沒看見警衛撈那男孩上岸、幫他人工呼吸的過程。如果女兒受了驚嚇，或是太過傷心，她要在門口等著，在第一時間給她安慰。蘿達不是多愁善感的小孩，也沒什麼想像力，可是克莉絲汀認為，就算再冷靜的人，在毫無準備的狀況下，都會很難接受「人生難免一死」的事實。

蘿達到家了。她的態度跟早晨出門時一樣平靜，一進門就跟媽媽說她要喝牛奶，還要吃花生醬三明治，一副若無其事的樣子。做母親的不禁懷疑她到底了不了解發生了什麼事。克莉絲汀以一貫溫柔的語氣問她，蘿達說她了解，她全都知道，事實上，建議警衛去木樁那邊找的人就是她。警衛救男孩上岸時她在現場，屍體放在草坪上的時候她也在。

克莉絲汀摟住這個淡漠無情的孩子，說：「妳一定要努力忘掉那個場景，不要去想，我不要妳害怕，也不要妳煩惱。人生中難免會發生這種事，我們要接受它。」

蘿達耐著性子讓媽媽摟她，用驚訝的語氣說她一點也不困擾，她覺得搜救的過程很刺激，而且這是她第一次看見心肺復甦術，有趣極了。克莉絲汀心想：她好冷酷，對別人的痛苦毫不在乎。這是克莉絲汀自己永遠也無法了解的事，她和肯尼斯從前總笑說這是「蘿達式反應」，夫妻間拿這當笑話講，可是這一回她感到很不安，說不上來為什麼，可是心裡很難過。

蘿達終於忍不住，推開媽媽，回自己房間玩拼圖去了。克莉絲汀把三明治和牛奶準備好，送進房去，放在桌上。她臉上仍然帶著困惑，皺著眉頭說：「這是件不幸的意外，我真希望妳沒看見，也別記得。」她在女兒頭頂上吻了一下。「親愛的，我了解妳真正的感受。」

蘿達拿起一塊拼圖，放到正確的位置上，然後驚訝地抬起頭。「我不知道妳在說什麼，媽媽，我一點感覺也沒有啊。」

克莉絲汀嘆口氣，回到客廳，試圖看點書，但沒法專心。蘿達覺得自己好像犯了錯，讓媽媽不高興了，可是並不了解錯在哪裡。她捨下拼圖，走到克莉絲汀身旁，露出迷人的微笑和酒窩，心下做好算計，用自己的臉頰在媽媽臉上擦了一會兒，發出撒嬌的笑聲，然後起身。

克莉絲汀心想，她一定做了什麼不該做的事，她一定是做了什麼非常不乖的事情，才會費這麼大工夫來討好我。

她覺得女兒好像忽然發覺到自己的身體或心靈和別人有某些不同之處，所以努力學習一般人的行為舉止，來掩蓋自己的異常。這些舉止並非真正發自內心，所以得先經過深思熟慮、權衡取捨，並謹慎實驗，揣測她所要模仿的對象到底具備怎樣的價值觀。

她再次靠到媽媽身邊，發出一種帶著渴望的聲音，親吻克莉絲汀的嘴唇，她很久很久沒自動自發做出這種動作了。接著，她瞇起眼睛，仰起頭，裝出滿懷愛意的眼神，說：「如果我給妳好多好多親親，妳要給我什麼？」克莉絲汀很熟悉這套問答，他們父女倆常以此為樂，此時聽見，心中不禁湧上一股憐愛之情。她輕輕抓著孩子的手臂，以標準答案回答：「我要給妳好多好多抱抱。」

蘿達又玩了一會兒拼圖，膩了以後就拿出溜冰鞋，說她要去公園玩。她才出門不久，雷洛伊那凶巴巴、沒水準的說話聲忽然傳了進來，克莉絲汀快步走到廚房窗邊，聽見雷洛伊說：「妳同學淹死了，屍體還濕答答的，妳怎麼有心情去溜冰？依我看呀，妳應該留在家裡哭腫眼才對，要不然也該去教堂點蠟燭禱告啊。」

蘿達瞪他一眼，沒說話，腳步繼續向公園方向移動，走到鐵門邊，在門上摸索了一下，打算自己開門。但雷洛伊不放過她，跟在後頭，又說：「要是有人問我，我會說妳對於發生在那小男孩身上的事一點也不難過。」平日裡冷靜無比的蘿達反常地愣了一下，扯著溜冰鞋的帶子讓鞋甩過來甩過去，說：「我幹嘛要難過？淹死的是克勞德·戴葛爾，又不是我。」

雷洛伊搖搖頭，笑著走開，對這孩子的回答嘖嘖稱奇。

下班時間快到了，每天一到這個時候，他就會趕緊把下班前該做完的零碎活兒做一做。今天他機械般做著瑣碎事情的時候，蘿達的話還一直在腦中迴響。他掃完院子，把地下室鎖好，同時嘴裡學蘿達的語氣一直重複說：「我幹嘛要難過？淹死的是克勞德・戴葛爾，又不是我。」那個蘿達可真不簡單！那個小蘿達呀，誰都不在乎，就連她那長得挺正的老媽她也不在乎！蘿達和他挺像的，沒人能呼嚨得了蘿達，也沒人能呼嚨得了他！這是真的，一點不假……

他家住傑克遜將軍街，距上班處兩哩路，是間未經粉刷的木造房屋，家裡除了妻子瑟瑪・傑塞普之外，還有三個乾瘦愛哭的小孩。房子比旁邊的街道低些，一下雨就積水。瑟瑪用啤酒瓶插在門廊前的地上作花床，結果土太濕，光線又給一旁無花果樹和開花的蜀葵遮掉大半，所以種什麼都長不好。

那天晚上開飯以前，他高高蹺著腳和妻子坐在門廊上，墊在腳下的欄杆搖搖晃晃。

他想講戴葛爾家男孩的事給老婆聽，但才一開口，瑟瑪就又打蚊子，又打哈欠。「不用你講，我早聽收音機說過了。」然後好像因此得到了提醒，走進屋裡打開收音機，轉到她最喜歡的舞曲節目，又走回門廊。雷洛伊說：「我的天啊，妳就不能開小聲點嗎？男人在家想耳根子清靜一點都不行？」

「我喜歡呀。」她說：「音樂我就愛大聲聽。」

她是個無趣的大個頭女人，胖胖的臉上沒什麼表情。她坐回搖椅裡，沒好氣地說：「你別給我吐在牽牛花上，我好不容易才把它們哄到這麼高，如果非吐不可，就給我坐到台階上去。」

他咕噥著起身，到台階上去坐，一時之間忘了在場的聽眾對自怨自艾的話題沒有興趣，說道：「好啦，好啦，妳儘管找我麻煩吧，反正每個人都跟我過不去，我習慣了！我承受得住！反正我只是個窮佃農，沒人瞧得起。」

「別鬧了，雷洛伊。」瑟瑪耐住性子說：「不用跟我唬爛，我還不清楚嗎？你從來沒當過佃農，我可還是在鄉下長大的，你連鄉下都沒住過。而且你跟我一樣清楚，你爸是碼頭工，錢賺不少，把家養得很好，真可惜你不像他。」

「我沒機運啊。」他說：「如果有機會，我也想做點事業，可是我從來就沒有機會。」

「哪沒機會？你機會可多了，你只是懶。」

她沒精打采地搧搧風，把裙腰往下拉一拉，腳抵在欄杆上，開始數落起他的懶散，罵他愛說謊，嫌他髒，怪他不肯對那些能給他助力的人拍拍馬屁，她唸叨的聲音狠狠壓過了收音機。她說他老愛羞辱別人，這種行為舉止笨到極點，難怪老是保不住飯碗。比如說，他對芙羅拉貝公寓的住戶深惡痛絕，但她知道其中某些人好得很，根本就不像他講的那樣，就拿布里德勒太太來說吧，就是位很和善的太太，心腸又好。如果他別老去招人厭，多做點好事，也許……

講到一半，她忽然打住，似乎連她自己都懶得再聽了。她說：「開飯沒這麼快，要不要先喝罐啤酒。」然後就進去拿啤酒出來。天還沒暗，孩子們在後院玩遊戲，吵來吵去，尖叫不休，瑟瑪覺得她聽音樂受到干擾，便把收音機的音量調得更大。「天殺的！」雷洛伊乾掉那罐啤酒，說：「就連在家也不得安寧。要是讓我抓到那些孩子，非痛扁一頓不可！」

「但是你抓不到。」瑟瑪平靜地說：「他們跑太快。」

於是雷洛伊就把白天蘿達對戴葛爾之死的反應複述給瑟瑪聽。她似笑非笑，把喝完的空罐用力扔出欄杆，扔到外頭街上，起身離座，把黏在屁股上的裙子拉開，說：「這說法還真可愛。」

雷洛伊說：「那小女孩壞死了。我這輩子打出生到現在還沒見過這樣的女孩子，真是長了見識。」他拿出菸斗，點起來，靜靜抽著，細數其他在小公園玩耍的小孩（不壞的那些），全都怕他怕得要命，甚合他意。他只要大聲一吼，就能把他們嚇跑，還能把小女孩嚇哭，嚇到去告狀。告也沒用，他只要裝出一副低聲下氣的樣子，說事情不是那樣，或者說是小孩自己不乖，就行了。他可以誣賴小孩踐踏花草，說他們偷撈蓮花池的魚。可是那個小蘿達．潘馬克就沒這麼好搞，她完全不理會……至少目前為止是這樣，但假以時日他一定能想出辦法，讓她跟別人一樣怕他。想到得意處，他竊喜不已，然後挑釁地朝妻子的花圃又啐了一口。

瑟瑪用扇子拍蚊子。「你老爸一輩子都很會賺錢，很會養家。這是真的，我可以幫他作證。」

雷洛伊大聲說：「那個小蘿達．潘馬克是個刻薄的壞小孩，但是她有個好處，就是不多嘴，我跟她之間無論有什麼事，她都不會說出去。」

「你給我聽好。」瑟瑪說：「離那個小女孩遠點，聽見沒，雷洛伊？別去招惹那些有錢人和他們的小孩，免得惹禍上身。我告訴你，你會惹上大禍。」

「我又沒對她怎樣。」雷洛伊說：「頂多也就是拿話逗逗她而已。」

她起身喊小孩回家吃飯，然後進廚房去了。雷洛伊自己一個人在門廊上多待了一會兒，抽菸斗，想那個小潘馬克的事。他也許並沒發覺，但從某方面來說，他愛上了蘿達。他想造成蘿達困擾、蘿達的所做所為令他困擾、他處處要和蘿達作對，都只是某種變態的求愛表現。

那一天晚餐之後，克莉絲汀前往柳樹街的戴葛爾家拜訪，她不太清楚自己為何要去，但她去了。走到戴葛爾家門口的時候，天還不太暗，深藍色天空中只有地平線附近綴著幾顆早起的星星。來應門的是戴葛爾先生，長得跟他兒子很像，臉色同樣蒼白，額頭都有青筋，下巴都往前突，下嘴唇都小而翹。他和克莉絲汀握手，手又冷又濕。她自我介紹，說自己前來致哀，想問問有沒有什麼事能幫得上忙。他強自遏抑，但禁不住顫抖，說：「您是第一位來訪的，我們朋友不多。」

戴葛爾家的客廳裝潢十分俗麗，看起來花了不少錢，但品味不佳，到處都有珠飾與蝴蝶結。克莉絲汀心想，這裡沒有一樣東西是對的，傢俱、顏色、畫作，甚至就連那東方風味的地毯都跟周遭其他東西不搭。戴葛爾先生說：「不好意思，家裡有點亂。我們剛從殯儀館回來，我太太還沒空整理。」

他帶克莉絲汀穿過客廳。「請您務必陪我太太聊聊，也許您能讓她……嗯，也許您能……」他敲敲妻子房門，低聲說：「荷坦絲！有客人來了，這位太太認得克勞德，她的女兒和克勞德同班，也參加了野餐會。」

他安靜地離開。戴葛爾太太原本躺在沙發上，此刻坐起身來，頭髮散亂，雙眼紅腫。她稍早吃過鎮定劑，現在仍有些昏沉。她說：「有些人也許會說，克勞德膽子小、沒自信，但那不是真的。我不是說他有多積極進取，因為那也不是真的。我的意思是，他是個敏感的孩子，是個有藝術天份的孩子，真的。我真想拿幾張他畫的花給妳看，可是我暫時還沒辦法看那些東西，我受不了。」

她忍不住大哭起來，臉埋進枕頭裡。克莉絲汀在她身旁坐下，握住她那雙肉肉的、戴著戒指的手，滿懷同情，緊緊握住。克勞德的母親說：「我們很親，他說我是他的甜心，還會摟著我的脖子，把他心裡想到的事全都說給我聽。」

她說不下去，停頓了一會兒，然後又開口說道：「我不明白那個獎章怎麼會找不到，他們一定沒好好找。他這輩子就只得過那麼一個獎，把它看得好重。」她狂哭起來，彷彿失去那個獎章比失去兒子更嚴重似的。她鼓著蒼白的臉頰，披頭散髮，頭髮都戳進眼睛裡了，好不容易才終於能再度開口講話。「有人說獎章一定從他衣服上掉下來，讓沙埋住了，可是我跟我先生說，我不相信。我不相信獎章會自己掉下來，是我幫他把獎章別在衣服上的，別得很緊。」

她拿濕毛巾揩揩臉，沒再出聲。克莉絲汀輕聲說：「我知道，我知道。」

「他們一定沒仔細找。」戴葛爾太太說：「他們說他們找了一遍又一遍，我說回去再找一遍。我們母子連心，那麼親，那麼親，他說我是他唯一的甜心，說他長大以後要娶我。他乖得不得了，我說什麼他都聽，就連要去街角都會先問我，我准他去他才去。他一定想跟他的獎章合葬，我知道，不用講我也知道。我想要盡一切力量讓他開心……拜託妳，能不能叫他們再去找找？」

4

克莉絲汀到家時，蘿達正窩在大椅子上準備明天主日學的功課。每個週日，她都跟對街楚畢家的女兒一起去洛威爾街的長老教會上課，非常熱衷學習，從不缺席。主日學的貝兒・布萊克威老師既重視出勤狀況，也重視學習態度，會發些小獎品給表現優良的學生。只要能在第二次鐘響前準時進教室，又熟讀前一週發下的圖卡，明白其中的意義，布萊克威老師就會在卡片上貼一張小小的金蝴蝶貼紙，獎勵學生的虔誠與用功。集滿十二張貼了金蝴蝶的卡片，能換到一份「有趣又具啟發性的獎品」。

本週主日學要上的課，是舊約裡某條殘忍的戒律，講述某些人無法或不願盲目遵從當年希伯來某派別的規矩，便慘遭毀滅的事。克莉絲汀靜靜同女兒坐在燈下，心裡始終掛念著戴葛爾夫婦的喪子之痛。蘿達把卡片遞給媽媽，要媽媽拿卡片上的內容出問題考她。克莉絲汀緩緩唸出那些字句，搖頭嘆息，心想，怎麼回事？為什麼暴力無所不在？世上就沒有一處真正和平的地方嗎？她真不知道女兒到底該不該學這些，但在信仰上別人應該比她內行，她不該自做主張。她拿卡片上的內容考女兒，蘿達背得熟練，應答如流，帶著她迷人的淺笑，得意得不得了，還跑回房間，把存在寶貝盒裡的十一張卡片拿給媽媽看，張張都有金蝴蝶貼紙。

她說：「我有把握，明天一定能拿到獎品。一定能。」

「妳想獎品會是什麼？會是很棒的東西嗎？」

「我猜會是一本書。」蘿達說：「貝兒老師給的獎品幾乎每次都是書，能增長智慧的書。」

她臉上堆滿渴望，滿懷信心把卡片整理好，放回寶貝盒裡，收進化妝台抽屜。

看完晚報，克莉絲汀早早上床睡覺，卻怎麼也睡不著，荷坦絲．戴葛爾布滿淚痕的臉和精神崩潰的樣子，夜裡一直浮現眼前。最後，好不容易睡著了，竟又做了一個惡夢，醒來後怎麼想也想不起夢見了什麼。第二天她起得比平常的週日更早，在清脆悅耳的教堂鐘聲中為自己和女兒準備早餐。

蘿達從教堂回家的時候，果然抱回了獎，獎品是一本《艾兒西．丁斯摩爾》（*Elsie Dinsmore*）。她帶著書去小公園，渴切地翻開，希望藉由閱讀能夠理解別人身上那些她理解不了的價值觀。她並不是沒努力過，但不曉得為什麼，那些別人看來理所當然的東西她就是沒有。她讀了一會兒，發覺這書無聊得要命，乾脆回家練琴。她坐在鋼琴前面，練習彈奏音階。老師說她沒有真正的音樂天份，只有耐心和毅力，可是假以時日，也能彈得不錯，說不定準確度還會比有音樂天份的孩子更高。

中午，和他們住公寓同一層樓的弗西斯老太太送來一盤剛烤好的檸檬蛋白塔。她知道丈夫出門在外的時候女人沒心情做點心，尤其家裡的孩子若是女兒不是兒子，就更是如此。今天的塔烤得特別好，克莉絲汀和蘿達也許可以拿它當午餐。而且今天天氣也好，如果潘馬克太太要出門，她很樂意幫忙看顧蘿達。反正孫子孫女下午要來，家裡會有一堆小孩，多一個少一個都一樣，一點也不麻煩。

克莉絲汀憂鬱的思緒因此得以中斷，她彎腰在老太太額頭上吻了一下。弗西斯老太太回家後對丈夫說：「克莉絲汀真是個溫柔的好女人，有這種鄰居真不錯。」

小戴葛爾的喪禮在週一舉行，晚報上說墳上「堆滿了眾人送來的鮮花」，其中最壯觀的一束來自他所就讀的奉恩小學，由全校學生合送。那一大束美麗的梔子花先是放在棺材上，隨後獨自留在墓前。

克莉絲汀摺起報紙，擱在桌上，心裡覺得好奇怪，怎麼沒人來叫蘿達分攤買花的錢？不曉得是老師疏忽，還是刻意如此。可轉念又想，我也太在意這件事了，不可能會是故意的。也許哪位奉恩小姐打電話來過，正好她不在家，沒接著，但這不太可能；也許捐款名單上漏了蘿達的名字；也許……

學校沒要他們分攤買花的錢，讓她有一點點受傷，但她決定不再為這件小事煩心，並且決定對此事從此絕口不提，就連對莫妮卡和艾默里也不提。她決定下午出門買東西，開車帶蘿達進市區，給自己挑了件淺藍色的晚禮服，也給蘿達買了幾塊布料，打算縫幾件新衣服讓她下學期穿。可是回家以後，蘿達去公園溜冰，在蓮花池旁的水泥地上繞了一圈又一圈，克莉絲汀卻始終甩不掉耿耿於懷的感覺，最後還是拿起話筒，打了通電話去奉恩小學。

接電話的是奧克塔薇亞。克莉絲汀說：「我在報上看見小戴葛爾喪禮的新聞，原來同學們送了美麗的梔子花。真不好意思，您大概為捐款的事打電話來過，我正好不在家。」

電話線那頭沉默了，她感覺得出奉恩小姐有多尷尬，過了好一會兒，那位老太太才用小到幾乎聽不見的聲音說：「學校學生很多，花也沒記者想得那麼貴，我們收到的錢儘夠付了，請您不必放在心上。」

「請問您為買花的事打過電話來嗎？」克莉絲汀問：「如果您沒打來，我想我應該要知道。」

奉恩小姐柔聲說：「沒有，親愛的，我們沒打給妳。我們考慮過後，覺得最好不要。」

克莉絲汀說：「這樣啊。」等了一下，對方沒再接話，她又說：「沒接到電話的人除了我之外還有別人嗎？還是只有我？」

奉恩小姐說：「我們認為您不會想和別人合送，會想單獨送。」說完又陷入沉默，好像在謹慎考慮該怎麼講才好，接著又毫無說服力地補上一句：「你們畢竟剛搬來不久，蘿達只在我們學校上過一學期課。」

克莉絲汀說：「是啊，是啊。」然後又輕聲問道：「那妳們為什麼會認為我們會想單獨送呢？蘿達和那孩子感情並不好，而我和我丈夫甚至不認識戴葛爾家的人。」

奉恩小姐說：「親愛的，我不知道。我沒辦法把實情告訴妳。」她像在請求諒解似的，用輕到不能再輕的聲音說：「我得掛電話了，有客人在，他們會覺得奇怪。」

潘馬克太太掛上電話，平日舒緩的眉頭皺了起來。但她決定，就算奉恩小姐有什麼言外之意是她沒聽懂的，或沒法接受的，她也要對自己說那毫無意義，一點也不重要。她要告訴自己，她們沒找她捐錢買花，不過就是疏漏而已。她就連寫信給丈夫的時候都不會提。她提醒自己，肯尼斯工作上要煩心的事已經夠多了，絕不能再給他添亂。她坐下來，開始寫信，口氣愉悅明快，聊的全是些八卦，主角是他倆都認識的人。她好想他，但再想想，過去許多年來兩人從未分開，共度過許多美好時光，就覺足堪告慰。她對他的愛堅定不移。

「我不要再想小戴葛爾淹死的事了，我要把所有跟這事相關的東西全部都趕出腦海。」她對自己說。「這是個悲劇，很不幸，很可憐，但無論如何，我實在犯不著這麼在意。」

一星期後，克莉絲汀收到奉恩小學的信，內容簡潔，口吻客氣，信件主旨是要通知潘馬克家，他們很遺憾地發現下學期學生名額已滿，所以九月開始的新學期無法讓蘿達繼續就讀。負責執筆的玻哲絲．奉恩小姐表示，潘馬克先生和夫人要為女兒找到另一所學校應非難事，校方除深感遺憾之外，也獻上誠摯的祝福。

接下來一整天克莉絲汀煩得要命，走過來走過去，一直想著那封信。下午，她把信拿給莫妮卡看，問她意見。莫妮卡說：「我活得愈久，見得愈多，愈是沒法理解奉恩家這些人的小心眼！額滿只是藉口，真正的原因是，對他們而言，蘿達太迷人，太聰明，太特別了！她跟那些神經兮兮只會傻笑的小孩不同，不會盲目相信她們的話，有自己的想法，甚至會照自己的意思做決定，她是一個獨立自主的人。我敢跟妳保證，這才是她們真正受不了她的地方！」她點起香菸。在一片沉默中，克莉絲汀心想：莫妮卡很愛蘿達，也很愛我。她只要很愛一個人，就看不見對方身上半點缺點。她是個忠誠的朋友，有這種朋友真好。

莫妮卡說：「我要是妳，下學期就送蘿達去上公立學校。要是擔心那裡的學生素質不夠好，請家教也行。總之，我會忘掉玻哲絲這封傲慢無理的通知，回都懶得回。」

但克莉絲汀胸中還是充斥著焦慮，這一切彷彿巴爾的摩的舊事重演，她對自己說：「這和上回不同，否則她們早就直說了。」可是她總覺得事有蹊蹺，總覺得有什麼事是奉恩家姐妹沒說出口的。到了第三天下午，她終於忍不住打電話去學校約時間，打算要她們把一切都攤開來說個清楚。

克蘿蒂亞帶她走進正式的大會客室，語帶責備地說：「通常每年這個時候我們都在班乃狄克，今年因為戴葛爾家孩子的事，我們的暑假也毀了。」

「我絕對不會再去那裡。」奧克塔薇亞堅定地說：「對我而言，那地方也毀了。」她拉鈴叫女傭送茶水、麵包和奶油進來。女傭把茶點擺好、退出去以後，克莉絲汀開口說，雖然她自己也覺得太唐突，但她就是沒法子不把那男孩的死和蘿達退學的事想在一起，兩者之間似乎有所關聯，希望她們能坦然據實以告，無論是她想太多，或真有此事，她都要知道。

奧克塔薇亞裝出一本正經的樣子，問道：「妳怎麼會認為兩者之間有關係？我們並沒如此暗示，這一點我非常確定。」

「那麼，我可以當它們沒有關聯嗎？」

奧克塔薇亞淺淺喝一口茶，說她真心希望能避免這種狀況，她看不出來這話題深入討論下去對誰會有好處，可是既然潘馬克太太提起，又想知道實情，那麼她只好承認其中確有關聯，而且是絕對的關聯。

玻哲絲小姐說：「那天車還沒開動，蘿達就開始騷擾克勞德，不讓他有一刻清靜。蘿達靠在他椅背後面，把氣噴在他脖子上，一直盯著他的獎章看。原本坐在克勞德旁邊的孩子忍受不了，只好走開，蘿達立刻坐了下去，要克勞德摘下獎章讓她保管，他用手遮住獎章，說：『走開！別來煩我！』」

克蘿蒂亞．奉恩說：「她好急切，太堅持，我只好出面制止，把她拉到駕駛座旁邊，要她自己坐。那邊離克勞德很遠，但她依然扭過頭來，繼續盯著那獎章看。」

克莉絲汀嘆氣說道：「蘿達這孩子有侵略性，又自私，我知道。我們這世界上充斥著有侵略性的自私鬼，我和我先生希望她長大成熟以後，能把不好的個性改掉。」

「恐怕不僅如此。」玻哲絲小姐說：「到了海邊以後，別的孩子都一起玩鬧，蘿達不去玩，硬要跟在戴葛爾後頭，不肯放過他。她並沒跟他說話，就只是死盯著那個獎章，到最後那孩子緊張到發抖了，我只好把他叫過來，要他別理會蘿達。那時他做了一件在他死後我一直覺得很重要的事，他拿下獎章，請我幫他保管到野餐會結束。」

「所以您答應了？原來獎章並沒有丟。」

奧克塔薇亞小姐拉鈴叫傭人再送點熱水來。傭人離開後，玻哲絲繼續說：「沒有，我沒依他。我把獎章別回他身上，叫他要有自信一點。我提醒他，這獎章是他的，不是別人的，是他光明正大得到的，是他的。他有權戴著。」她走到窗邊，望著樓下的花園。「我把蘿達叫來，告訴她不應該那樣，那很粗魯，不是本校學生該有的行為。」

克蘿蒂亞接過話頭往下說。「差不多就在那個時候，我也走了過去，和姐姐一起訓誡蘿達，教她要有禮貌，要有風度，要輸得起。可是她一臉困惑，用充滿心機的表情望著我，沒有說話。那種表情在她臉上很常見。」

「她不是個好懂的孩子。」克莉絲汀說：「或許我們在教養上有些疏失。」

「我希望我說的話對她有用。」克蘿蒂亞說：「可是不到一小時後，有個比較大的孩子看見蘿達和克勞德站在遠處，克勞德在哭，蘿達站在他前面擋住他的路。那個大女孩站在樹叢間，他倆都沒看見。她正想插手干預，蘿達忽然推了克勞德一下，伸手去搶獎章，他躲開以後朝海邊跑去，就是後來陳屍的舊碼頭那邊，蘿達跟了過去，但沒用跑的，那個大女孩說蘿達走得很慢，一點也不急。」

「您有沒有想過，那個大孩子說的也許不是實情？」

「不太可能。」克蘿蒂亞小姐說：「她是我們指派去監督小朋友的，從幼稚園時期就在我們這邊上課，現在都快十五歲了，我們很了解她，她是好孩子。不可能，潘馬克太太，她不會說謊。」

奧克塔薇亞小姐說：「一會兒之後，大約是在中午的時候吧，有個警衛看見蘿達在碼頭上，就大聲警告，並且朝她走去，但她馬上就回到岸上，所以警衛沒把這事放在心上。」

警衛並沒指名道姓說那是蘿達，他根本就不知道這些小孩叫什麼名字，隔著那麼遠的距離也看不清是誰，但他說那女孩穿著紅色洋裝，而那天穿洋裝的小孩只有蘿達一個，所以他們依理推論他看見的女孩就是蘿達。

奧克塔薇亞小姐的長毛獵犬氣喘噓噓從房間另一頭走過來，牠老了。她抱起狗狗放在膝上，牠伸出舌頭想舔她的臉。奧克塔薇亞小姐說：「警衛看見蘿達在碼頭上的時間是中午左右，我們一點鐘開飯，點名的時候發現克勞德失蹤，其餘的……我想妳都知道了。」

克莉絲汀說：「是，是的，我聽過廣播。」她把皮包的釦子打開又扣上，忍不住想起在巴爾的摩時發生過一件事。他們住的公寓裡有個小孩養狗，蘿達見了也想要一隻。他們讓她自己選，她選了一隻硬毛小㹴犬，這孩子難得對自己以外的生物感興趣，他們還覺得很高興。起初蘿達很喜歡她的狗，走到哪裡都帶著牠，還會跟別人炫耀，說牠是純種狗，很貴。後來她發現自己得負起照顧狗兒的責任（肯尼斯認為這是訓練她負責、讓她實際體現仁慈的好機會），發現她不但得餵狗、溜狗，還會因此減少讀書、拼圖和練鋼琴的時間，於是小狗不知怎的就從窗台上摔到了後院。

克莉絲汀聽見狗兒垂死時的嗚咽，跑進女兒房間，看見蘿達在窗前低著頭向下看，臉上不帶一絲感情。她靠到窗邊同女兒一起往下看，原來小狗從這麼高的樓上摔了下去，脊椎都斷了。她問：「怎麼回事？狗狗發生了什麼事？」蘿達一副沒事人的樣子，走到門邊，停下腳步說：「我想牠從窗口掉下去了。」

當時她和肯尼斯怎麼問都只得到這個說法，但如今想起來，這兩件意外似乎有種模糊的關聯。克莉絲汀心中忽然燒起一把無名火，手抖起來，手上的茶杯和墊在下面的盤子都震得發出聲響。她環顧四周，好像擔心有人會攻擊她似的，小心翼翼放下茶杯，閉上眼睛，等到自己能像奉恩小姐一樣用超然的語氣講話時，才開口說道：「各位是在暗示我，蘿達與那男孩的死有關？這一切都是為了這個原故？」

她的話對奉恩家三姐妹起了奇怪的作用。她們震驚地互望，好像訪客發了瘋似的。奧克塔薇亞小姐驚恐地說：「怎麼會？當然不是！怎麼可能！八歲大的小孩子怎麼可能跟這種事有關？噢，當然不會！這種事情我們連想都沒想過！」

克蘿蒂亞小姐說：「我們要是真這麼想，早就去向有關當局報告了。」

玻哲絲笑著說：「噢，潘馬克太太，沒那麼誇張啦。我們只是覺得蘿達藉口很多，不肯說出完整事實。我們認為她知道某些事，卻沒對任何人說。」

奧克塔薇亞掰下一塊三明治，餵給狗吃。她說她們對蘿達很公平，給過她機會解釋。悲劇發生後，她們盤問過她，她面無表情否認一切，說她沒在車上騷擾克勞德，沒在林中企圖搶他獎章，而且根本沒去過碼頭。她表現得那麼天真無辜，那麼可信，可信到三姐妹幾乎都要對自己目擊的事實起疑了。

克莉絲汀說：「我懂，我懂。」奉恩姐妹繼續說著，她的心卻飄回當初蘿達在巴爾的摩遭到退學的事上。她丈夫沒把那事看得太嚴重，也許不只是怕她難過，也是想自我安慰。他說，很多小孩都會亂拿東西，他自己小時候也拿過，長大就好，所以就算蘿達真的偷人東西，也不必太過擔心。至於說謊，那是成長過程的一部分，尤其對想像力豐富的孩子來說更是如此。他們彼此安慰，接受現狀，但在心底深處他們都很清楚其中的差別。一般小孩只會亂摘果子或花朵，說些異想天開的謊，他們的小孩並不是這樣。蘿達在物質上的欲望，針對的是物品本身，而她說的謊十分精明實際，跟成人說的謊沒兩樣。

克莉絲汀回到現實。玻哲絲小姐正說到：「很遺憾走到這個地步，很遺憾蘿達和敝校的關係必須如此結束，但我們覺得蘿達對學校裡其他的學生會產生不好的影響，我們必須顧及他們的權益。」

克蘿蒂亞．奉恩說：「我們覺得我們沒有能力去理解或處理蘿達這種個性的小孩。我們覺得沒辦法再為她做些什麼了。」

奧克塔薇亞小姐起身結束這場談話，說道：「我們覺得令嬡在別處會過得比較開心，老實說，我們不希望她留在敝校。」

克莉絲汀又沮喪又焦慮地回到家裡，泡了杯茶想讓自己冷靜。她坐在廚房小餐桌旁喝茶，從窗戶看出去，可以看見後院孩子們玩耍的地方。那小小的公園裡有好多小朋友，有些住在這棟公寓裡，有些是附近鄰居，有的在盪秋千，有的在蓮花池潑水，有的在溜冰，有的追來追去鬧來鬧去，小孩子就該這樣。蘿達坐在白石榴樹下的長凳上，遠離那些喧鬧的小孩，靜靜讀她勤奮用功換來的《艾兒西．丁斯摩爾》。雷洛伊．傑塞普提著一桶灰從地下室出來，站在柵門邊罵幾個站進池裡的小孩，警告他們不許再拔蓮花，否則就要叫他們的媽媽用馬鞭抽人。他抬頭望天，一副「老天爺啊，我每天要忍的事真的太多了」的樣子，然後轉進小徑，走出了潘馬克太太的視線。

她覺得好過些了，溫暖的茶水緩緩化去她的沮喪，畢竟奉恩小姐說的那些她早就知道，她對蘿達的了解比她們更深。那孩子的執念，遇事不想說時的含糊其辭，被人戳破時的故作天真和隨口扯謊的能力，她和肯尼斯都早就習以為常。至於另外那件事，只是奉恩姐妹自己的揣測而已。

她們提出的指控根本沒有確切的根據，只是些曖昧的說法，可以有多種解釋。她相信蘿達確實騷擾過戴葛爾家的孩子，並且企圖在樹林中搶奪他的獎章，蘿達雖然否認，但她相信確有其事。可是那個克勞德・戴葛爾，任誰都看得出他天生就一副受害者的樣子，蘿達很少對別人使用暴力，那並非她的天性。對象若換成比較勇敢、比較有自信的小孩，她絕不敢這麼做，因為對方可能會很樂意還擊，將她打倒。

她並不是要把自己小孩的行為合理化，因為她並沒原諒女兒這些行為，只是想對自己說，事情沒她擔心的那麼糟。蘿達是她的孩子，她愛她。保護孩子是她的責任，她有義務要全然接納女兒的一切。她把杯子洗乾淨放好。她會盡一切努力，對未來有信心，相信假以時日所有事情都會好轉，會沒事的。

回到客廳，克莉絲汀打電話給莫妮卡，說她決定聽從她的建議，下學期送蘿達去上公立學校。莫妮卡開心極了，稱讚她明智，又壓低聲音說蜜爾吉・崔立斯和伊蒂絲・馬爾克森在她家，她想開設一家治療酒癮的診所，正在和她們商談。她跟崔立斯太太、馬爾克森太太從小就認得，三人都屬名媛等級，但目前對她來說，最重要的一點是她倆超級有錢。只是她有個麻煩，艾默里今天提早回家，還帶了那個雷吉納德·塔斯克，這兩個人會干擾到她的計畫。他們回來以前在市區喝過酒，雷吉納德還好，但艾默里醉了。雖說他們不至於發酒瘋說髒話，但總歸不適合在知書達禮的淑女面前放肆。她們坐在客廳裡的蕨類旁邊搗著嘴說話，每過一會兒，艾默里就會拿著雪莉酒過來幫她的客人把杯子倒滿。她嗤嗤笑著說，不知道克莉絲汀能不能過來，分散一下那兩個男人的注意力，好讓她叫兩位富婆朋友把錢掏出來。

「穿上妳新買的高跟鞋，前頭有皮做的小蝴蝶結那雙，長襪的縫線要拉直。艾默里很喜歡有妳作陪，他說全鎮最棒的腿就長在妳身上。」

兩位男士在門口迎接她，帶她去廚房，調了杯酒給她。雷吉納德說：「為什麼呀？為什麼像克莉絲汀這種美女都不愛談自己的潛意識？」

艾默里在她臉上大聲親了一下。「她真夠辣的，對吧，老弟？她身材真好。」

客廳裡，莫妮卡正說到：「我真受夠了那些拿多愁善感的男孩當主角，講第一次性經驗的小說。妳也知道嘛，伊蒂絲，他們每次都躡手躡腳回家，覺得很噁心，有罪惡感，感覺自己變下流了，有些會發瘋，有些還會跳窗自殺，他們都太有教養，太過敏感。」

馬爾克森太太大喝一口雪莉酒，正色說道：「性是有益身心健康的正常經驗。」

雷吉納德有雙細長的眼睛，顏色很淺，一邊高，一邊低，有點像初初展開洄游旅程的比目魚。他拍拍克莉絲汀的肩膀，說：「這黑緞子裡面的妳全都是真的嗎？」

克莉絲汀接過酒來，說：「我請室內裝潢師傅做的，他每週會來兩次，把我拍蓬鬆一點。」她談笑風生，心裡想的卻是：也許蘿達真的跟在那男孩後面去了碼頭，也許他真是為了逃開蘿達才跑去碼頭，而她也跟過去了。也許他被蘿達逼著後退，不小心掉進海裡，我不知道事實是不是這樣，但這是我得面對的最糟狀況……

莫妮卡繼續往下說：「我愛看的書呢，男主角要一點也不柔弱，一點也不優雅才行。」她淺淺喝一口酒，笑著說：「我的男主角小時候得要是個正常、下流的男孩子，長大後也得長成一個正常、下流的男人。我想他下課後可以在雜貨店打工，一點一滴存下去鎮上嫖妓的錢，結果那妓女又老又肥，而且二次大戰結束以後就沒洗過澡。」

崔立斯太太尖聲大笑，然後趕緊回復優雅姿態，坐直身體，說：「妳要是寫了出書，我買一千本。」

克莉絲汀心想：但那男孩若是倒退時落海，蘿達在場，看見警衛怎麼不喊他來救？為什麼要跑開？為什麼見死不救？她心中打了個冷顫，對自己說：「我不能再想了，這樣很怪，很可怕，我不要再想了。」

莫妮卡說：「我故事裡這個再平凡不過的下流男孩，嫖妓之後心情大好，吹著口哨昂首闊步，心想不知道能不能說服他老爸讓他輟學，去皮包工廠做全職工。那麼一來，他就能賺更多錢，拿來花在剛剛奪去他處男之身的那個渾身油膩的老妓女身上了。我的男主角就得是這麼一個可愛的正常男孩！」

艾默里伸出頭喊道：「如果各位女士要繼續這麼齷齪的話題，我跟雷吉納德就不得不避開了。」

這話掀起一陣笑聲，莫妮卡喊他再開一瓶雪莉酒來，她和客人再喝一點就要談正事。她對馬爾克森太太說：「不好意思，我為艾默里向妳道歉，他醉了。」艾默里掉了顆冰塊，一腳踢進爐台下，說：「拜託，醉的人是誰呀！」

他開雪莉酒的時候，克莉絲汀和雷吉納德走進客廳坐下，克莉絲汀說她一直在想上回見面時他講的故事，那個為保險金毒死姪女的護士。她很想知道這種人都從幾歲開始作案。小孩子也會犯下殺人罪嗎？她想，這種事只有成人才做得出來吧？

雷吉納德認為此刻不宜談論如此嚴肅的話題，如果克莉絲汀真感興趣，不妨打電話給他，或去他家吃個便飯。但雖然現在身處一片笑鬧聲中，他還是可以告訴克莉絲汀，孩童犯謀殺罪相當常見，有些甚至還很聰明。著名的殺人犯通常起步很早，從小就展露出才華，跟傑出的詩人、數學家和音樂家一樣。

他停頓片刻，在此空檔莫妮卡說：「我常想，當年為什麼會嫁給諾曼．布里德勒（Norman Breedlove）呢？直到最近才得出結論，原來我是被他的名字吸引了。」她看弟弟一眼，繼續說：「『諾曼』（Norman）這個字讓我聯想到『正常』（normal），它們只有一個子音之差。『正常』這字眼何等可靠，正是我這一代容易憂慮的人所追求的。」

崔立斯太太搖搖手說：「雪莉酒呢？艾默里，你把雪莉酒怎麼了？」

馬爾克森太太外表看起來不像富婆，倒像個進城賣菜的邋遢農婦。她用手背碰碰頭上那頂破舊的帽子，說：「不曉得現在的年輕人都聊些什麼？我們年輕的時候滿腦子都想著性和社會改革，現在的年輕人除了電視和凱納斯特牌好像就沒別的好聊了。」

莫妮卡寬容大度地等客人講完，才接著又說：「至於『布里德』（breed）呢，我聯想到的是『增強』（increase），而『勒』（love）聯想到的當然是『愛』。諾曼．布里德勒一整個加起來，就讓我想到一個很正常、很能適應社會，又能持續增強愛意的人。當時我並不明白，現在回想才發覺就這麼簡單。」

艾默里說：「我還以為妳之所以嫁給諾曼．布里德勒，是因為向妳求婚的人只有他一個。」

她還來不及回答，他就笑著又說：「至於克莉絲汀，她有灰色的大眼睛和金頭髮，追求者恐怕多到得用雨傘擊退吧。」

克莉絲汀說：「大錯特錯，我並不受歡迎，對男人來說，我太嚴肅刻板了。」

崔立斯太太笑了，馬爾克森太太也開心地笑了。崔立斯太太說：「今天下午真是刺激好玩，莫妮卡，妳可以放鬆心情，不用再煩惱到底要從我和伊蒂絲這裡挖多少錢了。我們來的路上已經討論過，雖然不一定符合妳原本的期望，但是也少不了，總歸會是一大筆錢。」

艾默里以大家都聽得見的音量說：「這三個老太婆喝掉了將近一點五升的雪莉酒，全都醉得不像樣了。」她們三人全站起來冷冷瞪他。莫妮卡穩住身子，戴上眼鏡，說：「姐妹們，我們去書房吧，在那邊不必受他干擾，有紙有筆，還有鎮上所有銀行的空白支票。」她們摟著彼此的腰，起身離開，走到門邊時同時轉身回望，尖聲大笑。

克莉絲汀放下那杯她幾乎沒喝的酒，心想：假如蘿達跟著克勞德去了碼頭，他怕她搶，便把獎章丟進海裡；假如蘿達一氣之下拾起棍子之類的東西打他，打到他落海，然後丟他在那裡任他淹死；假如……

她低頭緊抓椅子扶手，絕望和罪惡感就像老鼠一樣啃蝕她的心。她起身告辭，說現在將近五點，在外頭玩的蘿達快回家了，她得先回去。她喊莫妮卡，說她要走了，莫妮卡立刻撇下朋友，跑回客廳來送她。

雷吉納德問：「像妳這樣的小美人，住在一樓，又沒有男人保護，不怕嗎？」

莫妮卡說：「又不是真正的一樓，門前的階梯那麼高，下面還有個高過地面的大地下室，克莉絲汀的窗戶離地大約有三公尺吧，真的。」

「我一點也不怕。」克莉絲汀說：「肯尼斯買了把手槍給我，我知道用法。」她又笑著說：「想不到在這裡想要槍就能有槍。換作在紐約，擁有一把手槍可是件了不得的壞事呢。」

艾默里說：「在紐約要有許可證才行，除非妳是歹徒。我們這一州比較文明，認為受害者也該有反擊的機會。」

克莉絲汀回到家，傻傻站著，反復低聲對自己說：「一切都好，沒什麼好擔心的，我只是無中生有，沒事找事，我只是犯傻。」彷彿只要否認，就能得救。朝東的房間已經漸漸暗了，她打開燈，心想：媽媽常笑我容易小題大作。記得有次在倫敦某家旅館，媽媽跟某個朋友說話的時候，摟著我骨瘦如柴的肩膀（媽媽總是那麼溫柔慈愛），說：「克莉絲汀老會為一些很奇怪的原因煩惱！」現在我不記得她指的是什麼事情了，但當時我當然知道。

接下來整個傍晚，她在家裡走過來又走過去，心不在焉地做些不用大腦就能做的瑣事。然後，定定站在客廳裡，倔強地甩甩頭想：我幹嘛要認為蘿達和戴葛爾家兒子的死有關係？根本沒有證據，只是我胡思亂想而已。

她站不住了，猛然坐下，把頭靠在扶手上，回想起一件曾經決意要忘掉的事，一件她一直不想誠實面對的事。噢，不！她辛苦建立的平靜之所以傾頹，原因不只一個。除了小男孩之死，還有另一起死亡事件。這兩起事件個別看來都只是無可避免的不幸意外，隨處都可能發生，在任何人身上都可能發生。可是放在一起看，卻如此相像，逼得她無法不去正視。

那第一起死亡事件一年前發生在巴爾的摩，當時蘿達七歲，他們那棟公寓裡有位克拉拉．波斯特太太，年紀很大，跟守寡的女兒愛德娜同住，非常喜歡蘿達。（克莉絲汀心想，說也奇怪，老人家都很喜歡蘿達，年齡相近的小孩卻受不了她。）下午蘿達放學後，常會上樓拜訪她這位老得不得了的老朋友。老太太八十幾歲了，有點孩子氣，很愛現寶。她最寶貝的一樣小玩意兒是個小水晶球，裡頭裝滿透明液體，浮著許多蛋白石碎片，搖一搖就會閃閃發光，看起來變幻莫測。水晶球頂端有個小環，老太太用黑絲帶穿過那個環，把它當成墜子掛在脖子上。

她常說，睡不著的時候她就搖搖水晶球，看著那些蛋白石構成的千百種圖案，心情會很好。她女兒愛德娜跟鄰居說：「媽媽認為她能在裡頭看見她的童年，我不會澆她冷水，只要她高興就好。現在能讓她開心的東西不多了。」

蘿達也很喜歡那個飄著蛋白石的水晶球。波斯特老太太有時候會對她說：「是不是很漂亮？親愛的，我敢打賭，妳一定很想擁有它吧？」

蘿達充滿渴望地說她確實想要。波斯特老太太微笑說道：「有一天它一定會變成妳的，我死了以後，會把它留給妳，我保證。愛德娜，妳聽見了嗎？」

「聽見了，媽媽，聽見了。」

老太太得意地咯咯笑著加上一句：「可是也別抱太大期待，寶貝，我可不會太早死，我們家的人都長壽，對吧？愛德娜？」

「是的，媽媽，我們家的人都長壽，而且您會比他們更長壽。」

老太太很開心，笑說：「我親愛的爸爸活到九十三，要不是有棵樹倒下來壓到他，他會活得更久。」

「我知道。」蘿達說：「妳告訴過我。」

老太太說：「我媽更打破了我爸的紀錄，走時九十七，要不是大冷天去彭德爾頓家的時候弄濕了腳，得了肺炎，說不定到今天都還健在。」

後來，有一天下午，愛德娜去超市買東西，留老太太和蘿達在家。不知怎的，波斯特老太太竟然跌下屋後的螺旋梯，跌斷了頸子。愛德娜回來的時候，蘿達等在門口，一臉天真誠懇地把壞消息告訴她。蘿達說，老太太聽見屋後有貓叫的聲音，好像困在樓梯上，就堅持要出去救牠，蘿達也跟了出去。然後她也許沒算準距離，腳下踏了個空，就滾下五節樓梯，摔到了後院的水泥地上。蘿達把陳屍處指給她看，這時潘馬克太太和其他鄰居也趕了過來，蘿達就把事發經過又說了一遍。

愛德娜用奇怪的眼神望著那孩子，說：「媽媽討厭貓，一輩子怕貓，就算全巴爾的摩的小貓一起哀鳴求救，她也不會靠近。」

蘿達睜大眼睛，驚訝地說：「怎麼會呢？愛德娜小姐，我說的是真的，她真的就出來找貓了啊。」

愛德娜問：「那貓呢？」

「跑掉了。」蘿達說得很誠懇。「我看見牠跑下樓梯去了。是隻白腳小灰貓。」

接著，她忽然拉住愛德娜的袖子，問：「她答應過我，等她死了就把水晶球給我，現在水晶球是我的了，對不對？」

克莉絲汀說：「蘿達！蘿達！妳怎麼能說這種話？」

「媽媽，她真的答應過我。」蘿達死咬著這件事不放。「她答應過要把它給我，愛德娜小姐也聽見了。」

愛德娜望著那孩子，不敢置信。「對，她說過要把水晶球給妳，現在它是妳的了，我這就去拿。」

這件事克莉絲汀很想忘掉，卻記得清清楚楚。如今回想起來，波斯特太太的喪禮所有鄰居都去了，只有她和丈夫沒有受邀。從前愛德娜對她很友善，但在那之後她在電梯裡對她說話，愛德娜都假裝沒聽見。至於那個水晶球，有一陣子蘿達每天晚上睡覺時都把它掛在脖子上，放在枕邊，她嘟嘴瞇眼看著水晶球的樣子跟那位老太太好像，彷彿她不但繼承了那個水晶球，也繼承了她的個人特質。

克莉絲汀快步走進女兒房間，看見小水晶球掛在床柱上。她拿起來看了一下，又趕緊鬆手，好像那是什麼燙手邪物似的。

蘿達從公園回來，書都還沒放下，克莉絲汀就突然問她：「關於克勞德・戴葛爾的事，妳跟奉恩小姐說的都是真的嗎？」

「是的，媽媽，都是真的，妳知道我已經不說謊了。妳說不可以說謊以後，我就沒再說謊了。」

克莉絲汀頓了一下，又問：「妳跟克勞德淹死的事……有沒有關係？就算只有一點點關係，也要告訴我。」

蘿達瞪著她，滿臉驚訝，小心翼翼地說：「媽媽，為什麼妳會這樣想？」

「我要妳跟我說實話，不論實話是什麼，都要告訴我，總有辦法處理的，可是妳得先讓我知道實情。」她把手搭在女兒肩膀上，說：「我要妳看著我眼睛，把實話告訴我，我非知道不可。」

那孩子明亮坦率的雙眼直視著她，說：「媽媽，我跟那件事沒有關係。」

「明年妳不能再讀奉恩小學了。」克莉絲汀說，「她們不讓妳讀了。」

蘿達臉上現出警惕的神色，等媽媽說下去，但媽媽沒再繼續。她慢慢掙開媽媽的掌握，說：「好。好。」然後快步回房，坐下來，開始玩她的拼圖。

晚些時候，克莉絲汀拿出打字機，給丈夫寫信。這封信比平常長。她先打下日期：一九五二年，六月十六日。在信件開頭說：「親愛的，親愛的……」然後就一直打，一直打，好像唯有如此才能從煩惱中解脫。她把每一件事都詳詳細細告訴他：蘿達沒得到書法獎章，戴葛爾家的兒子死了，奉恩小學下學期不收蘿達。她還提到死在巴爾的摩的那位老太太。

她說，我向來冷靜，不知道為什麼會讓這些事嚇成這樣。你曾說我的冷靜是你最喜歡的特質，那時候我們在你阿姨家初次見面，其他人全都拚命想用音量壓倒別人，你還記得這件事嗎？你還記不記得第二天去跳舞時你對我說的話？我記得，親愛的，我全記得！我還記得在什麼時候發現我愛上了你，發現我會永遠愛你。別笑我傻，是在你拾起零錢，抬頭對我笑的時候。

那天晚上好開心，現在我卻像意外落入陷阱，逃不出來，不得不面對某件我不願面對的事。有太多事，有太多我難以確定、難以理解的事，沒法對你說明，就連我自己都想不清楚。

請不要根據我這封長信裡的字句驟下結論，你看也知道這些事都可以有各種解釋。只是波斯特太太過世以後，我一直忘不了她死時蘿達在場，她的樣子一直在我腦中浮現。還有戴葛爾家的兒子，他額頭和雙手上的瘀傷也一直在我眼前揮之不去。我不知道，說真的，我真的不知道。

要是你現在在這裡就好了，你會擁我入懷，笑我傻。你會輕輕笑著用你的臉磨蹭我的臉，要我別擔心。但就算我真有某種神奇的力量能召你回來，我也不會去用。親愛的，我發誓，我不會去用它。

親愛的！親愛的！我擔心死了，到底該怎麼做才好？快回信告訴我該怎麼辦，立刻回信好嗎？真想不到我竟然如此脆弱。

信雖然寫完了，可是還沒寫完以前她就知道自己不會寄出，因為丈夫目前的工作正處於關鍵時刻，丈夫的事業與她的人生息息相關，她不想對他造成干擾。不行！得讓肯尼斯專心工作，不能讓他分心。她也該把自己份內的事做好，蘿達的問題基本上是她的問題，該她處理，她一定得處理妥當。

她在信封上寫上收件人姓名地址，把信收進抽屜，和手槍放在一起，然後心情就好多了。也許，也許真的沒什麼，她就只是想太多，庸人自擾而已。

這星期快結束時，莫妮卡·布里德勒太太打電話來。「真是不好意思，蘿達那條項鍊的事我老是忘記。今早我有事要去市區，可以順便拿去修，能不能幫我跟蘿達先把那條項鍊要來，等下出門的時候我過去拿。」

蘿達在坎寇家的葡萄藤棚架下玩耍，不在家。但克莉絲汀說她應該找得到，蘿達的寶貝全都用一個瑞士巧克力錫盒收好，放在化妝台最上方的抽屜裡，那條項鍊一定也在。

一點也不錯，項鍊就在那裡。克莉絲汀取出項鍊，把盒子放回原處，手碰到墊抽屜的油布時，感覺下頭好像有個扁平狀的金屬物品。她隔著油布摸了摸那東西的形狀，莫名驚慌起來，一把掀開油布，發現書法獎章就在下面。

眼前此事發生得太突然，她的心一時之間拒絕接受，不肯去理解其中的意義。她想到獎章出現在這裡是件多嚴重的事，就趕緊把它放回原處，雙手貼緊臉頰，站在那裡，心中百轉千迴。

她走到窗邊，聽見女兒和坎寇家的小孩在對街尖叫笑鬧，忽然感到悲憤難當。這太不公平了，她又沒犯錯，為什麼要受罰……

蘿達到底是有什麼問題？她為什麼不能跟同年齡的小孩一樣？為什麼一定要那麼怪異？她回想這小女孩從出生到現在的點點滴滴，檢討自己對她的教養與影響，想找出自己犯過什麼錯。她想肯定是她犯了過錯，就算微乎其微，也是她失職。她拚命自責，覺得自己這個母親當得真是糟透了，可是不管再怎麼想，也想不出錯在哪裡。

她在窗前站了好久，無法決定接下來該怎麼辦，焦慮到雙手一直緊握又張開。莫妮卡一按門鈴，克莉絲汀立刻衝去開門，把項鍊交給她。莫妮卡心情很好，從那條項鍊聊到往日回憶，愈扯愈遠，簡直就像是坐在卡透包姆醫生面前的沙發上進行自由聯想。

克莉絲汀笑著聽她說，不時點頭，但其實根本沒聽進去。她心想：蘿達一直都擁有很多疼愛和安全感，我們從沒忽視她，也不至於過度寵溺，對她一直都很公平。肯尼斯和我刻意要她感受到我們很重視她、很需要她。可是我不了解她的性格，她的心。我不了解。

莫妮卡說：「這個墜子上沒刻過我的姓名縮寫，但如果妳同意，我想把蘿達的刻上去。」

克莉絲汀心想，妳不嫌麻煩就隨便妳。但她點點頭，心不在焉地說：「好，好，當然好。」她把頭靠在門上。我不相信這是環境造成的，真正的原因一定很深奧難懂。她嘆了口氣，抬頭再次望向莫妮卡，心想：原因一定很黑暗，既黑暗且無法解釋。

莫妮卡笑著問：「蘿達有沒有中間名？說也奇怪，我竟然從沒想過要問。」

克莉絲汀回到現實，說女兒的全名叫蘿達．浩．潘馬克，以肯尼斯母親之名命名，她是位不受拘束又極有責任感的婦女，很重視禮節，當年相當反對兒子娶布拉佛家的女兒。她說那家人在各國漂泊，居無定所，是永遠持異議的波西米亞人，至少做父親的理查．布拉佛看來是這樣。他寫的東西總是悖乎常理，質疑一般穩重可靠的人代代相傳的規則。以常理推斷，他家的人應該都跟他一樣。她認為兒子這「瘋狂的愚行」必然會導致悲慘的後果，要他記住她早有先見之明，並且盡責地警告過他。雖然她的非難曾深深傷過克莉絲汀的心，令她非常痛苦，但為蘿達取名字的時候還是用了老太太的名字，想藉此討婆婆歡心，希望能得到寬容與祝福，只可惜做歸做，效果不彰。

莫妮卡把項鍊丟進提包，說：「噢，那種新英格蘭人呀，親愛的，我清楚得很。」

她走了以後，克莉絲汀坐到窗前，俯視公園，食指無意識地沿著椅子扶手遊走，心裡想著女兒，不曉得現在該怎麼辦。她忽然有種厭倦的感覺，好像這些事並非初次經歷，而且上一次也是徒勞。她再度自憐起來。雖然丈夫沒說什麼，但她知道巴爾的摩老婦之死以及蘿達退學的事，才是他申請調職真正的原因。現在這個職位算起來比以前低，同事又都是陌生人。她自憐夠了，也不想再怪老天不公平了，雖然跟其他母親比起來，她覺得自己很倒楣，別人家的孩子都很正常，行為容易預測，但現在她的理智已經回來，她平日良好性格具備的樂觀態度也回來了。

她不會再下那些沒有事實根據的結論了，對於書法獎章，也許蘿達自有一套誠實又合邏輯的解釋。也許她只是太害怕，奉恩小姐在屍體旁邊拿尖銳的問題逼問她，所以她不敢承認獎章在她那裡。往好處想，至少這一次她沒說謊，因為目前為止，據她所知沒人問過，沒人想到要問這個小孩獎章在不在她那邊，或「獎章在哪裡」。

她用冷水洗臉，補上唇膏，又坐了十分鐘來平緩心情。然後她過街走到坎寇家後院，叫蘿達跟她回家。到家以後，她把獎章從藏匿處拿出來，放在桌上，蘿達警覺地睜大了眼，左看右看，然後謹慎地閉上眼睛。

克莉絲汀問：「書法獎章怎麼會在妳抽屜裡？蘿達，說實話。」

蘿達脫掉一隻鞋，仔細檢查後，又穿回去。她淺淺一笑，沒回答媽媽的問題，卻說：「我們搬新家以後，能不能也搭個葡萄藤棚架？可以嗎？媽媽？好不好？」

「回答我的問題，蘿達！不要以為我對野餐會發生的事一無所知。我去找過奧克塔薇亞．奉恩，她跟我說了很多事。所以，拜託，不用費心編故事來騙我了。」

這孩子很精明，保持沉默，打算讓母親多說一點，最好能說漏嘴，讓她猜出母親心中的答案。可惜克莉絲汀知道女兒打的是什麼算盤，她受夠了藉口，所以只說：「克勞德·戴葛爾的獎章是怎麼跑到妳抽屜裡的？它不會自己跑進去，對吧，蘿達，我還在等妳回答。」

她起身在屋裡來回踱步，怒火中燒。這孩子真該好好打屁股，她這輩子都沒挨過打，說不定這就是問題所在，說不定只要好好給她一頓板子，就能有效率地解決一切問題。這事拖不得，她得好好教育女兒，讓她學著對別人溫柔體貼。可惜她的怒氣冷得很快，而且也知道自己打不下手，不管孩子做了什麼，她這個做媽的沒辦法傷害她。也許蘿達也知道這點，所以才敢繼續賣乖，不肯屈服。

「我不知道獎章是怎麼跑到那裡的，媽媽。」蘿達天真地張大眼睛。「我怎麼會知道呢？」

「妳知道，妳清楚得很。」

克莉絲汀坐下來，柔聲說：「首先我要知道的是，野餐會那天，妳有沒有去碼頭？」

「有。」她猶疑地說：「我去了一下。」

「那是在妳找克勞德麻煩之前還是之後？」

「我沒找克勞德麻煩，媽媽，妳怎麼會這樣想？」

「妳去碼頭幹嘛？」

「我去碼頭的時間很早，我們才剛到。」

「妳知道碼頭是不許去的，對不對？為什麼還要到那裡去？」

「有一個大哥哥說那邊的木樁上長了貝殼，我不相信貝殼會長在木頭上，想去看看是不是真的。」

克莉絲汀點點頭說：「我很高興妳至少承認去過碼頭。奉恩小姐跟我說，有個警衛看見妳走下碼頭，可是時間沒妳說的那麼早，他說當時快吃午飯了。」

「他記錯了。我跟奉恩小姐也是這麼說的。我說的才是真的。」她似乎認為自己已經占到上風，又說：「那人朝我大吼大叫，要我回來，我就回來啦。我走回草地上的時候，遇到克勞德，可是我沒找他麻煩，只有跟他講話而已。」

「妳跟克勞德說了什麼？」

「我說，既然我沒得獎，那我很高興得獎的是他。克勞德說明年我一定會得獎，因為同一個獎項不能連莊。」

克莉絲汀不耐煩地搖搖頭。「拜託！拜託，蘿達！我不是在跟妳玩遊戲，我要聽實話。」

「這就是實話呀，媽媽。」蘿達誠懇地說：「我跟妳講的每一個字都是真的。」

克莉絲汀沉默片刻，又說：「奉恩小姐說有人看見妳伸手去搶克勞德別在身上的獎章，她說的是真的嗎？」

蘿達說：「那個女生叫瑪麗．貝絲．馬斯葛羅福。她到處跟人家說她看到我，就連雷洛伊．傑塞普都聽說她看見我了。」她停頓一下，明亮的雙眼張得大大的，看起來坦率無比。「那時候我跟克勞德正在玩我們自己發明的遊戲，他說如果我能在十分鐘內抓到他，用手碰到他的獎章，獎章就讓我戴十分鐘。瑪麗．貝絲怎麼可以說那獎章是我搶來的，我沒搶。」

「瑪麗．貝絲沒說妳把獎章搶走，只說妳伸手想搶。她說她喊你們的時候克勞德已經往海邊跑了，當時獎章在妳手上嗎？」

「沒有，媽媽，那時候還沒有。」

她在問答間變得愈來愈有自信，媽媽知道的顯然不多，說不定根本就什麼都還不知道。她走過去摟住媽媽脖子，熱情地親吻媽媽的臉。現在做母親的反倒成為被動角色，要耐住性子了。

終於，克莉絲汀說：「蘿達，這獎章妳怎麼拿到的？」

「噢，我後來才拿到的。」

「我的問題是：妳怎麼拿到的？」

「因為克勞德說話不算話，所以我追著他跑到海邊，然後他說，只要我把妳給我的五十分零用錢給他，獎章就借我戴一整天。」

「這是實話嗎？蘿達，這真的是實話嗎？」

蘿達輕而易舉勝了這一局，略顯不屑地說：「是，媽媽，事情的過程就是這樣。我給他五十分錢，他就把獎章借我戴了。」

「可是，如果這獎章是妳付錢換來的，奉恩小姐問妳的時候妳為什麼不老實說？為什麼要隱瞞這麼久？」

那孩子開始啜泣，裝出一副擔心害怕的樣子。「奉恩小姐一點都不喜歡我，媽媽，她不喜歡我！她真的不喜歡我！我怕我把獎章的事說出來以後，她會更討厭我。」她衝過去抱住媽媽，把頭靠在媽媽肩上，抬起頭偷看她的臉色。

「妳明明知道戴葛爾太太有多想找到這個獎章，不是嗎？妳明知道她付錢請人下海去撈，我跟妳說過的呀。妳知道她讓喪禮延期，就只為了想讓這個獎章能跟克勞德一起下葬。這些妳全都知道，不是嗎？蘿達？」

「是的，媽媽，我知道。」

「既然妳都知道，為什麼不還她？如果妳不敢，我幫妳送過去。」

那孩子沒說話，喉嚨裡發出撒嬌的聲音，輕輕撫摸媽媽的脖子。克莉絲汀見她不回答，就閉上眼睛，說：「克勞德的死，讓戴葛爾太太心都碎了，幾乎都要活不下去了。我想她永遠沒辦法復原，至少沒辦法完全復原。」她把女兒的手拉開，把女兒推遠些，說：「妳懂不懂我在講什麼啊？蘿達，妳到底懂不懂啊？」

「我想我懂吧，媽媽，嗯，我想我應該懂吧。」

克莉絲汀嘆了口氣，心想：她根本不懂，她一點也不明白我在說什麼。

蘿達搖搖頭，固執地說：「想把獎章別在克勞德身上一起下葬真的很蠢，克勞德已經死了，不是嗎？外套上有沒有別獎章，他根本就不會知道。」

她感覺媽媽好像突然對她很不以為然，可是她不懂為什麼。為了要挽回頹勢，她拚命親吻媽媽的臉，說：「噢，我的媽媽最甜蜜最可愛！我跟所有認識的人都說，我媽媽是全天下最好的！」

可是克莉絲汀把女兒摟她的手拉下來，望向窗外那綠蔭成行的街道。往常蘿達想達成目的時，用這招都有效，今天不知怎的卻遭逢挫敗，她歪著頭對媽媽說：「如果克勞德的媽媽願意要那麼壞的小孩，去孤兒院領養一個不就好了？」

突如其來的厭惡感迫使克莉絲汀推開女兒，她以前從沒做過這種事。「妳走開！不要再跟我講話！我不想再跟妳多說什麼了。」

蘿達聳聳肩膀，耐著性子說：「嗯，那好吧。好。」

她在鋼琴前坐下，練習老師前一週教的曲子，輕咬著舌尖，聚精會神，一彈錯就嘆氣搖頭，從頭來過。

不久，克莉絲汀就開始準備午飯。母女倆都吃飽，碗盤也洗完以後，她從廚房窗戶向下望，看見雷洛伊在後院。他嘻皮笑臉，露出一嘴亂糟糟的黃板牙，不懷好意地轉轉眼珠，然後轉身離開。前一天晚上他和老婆喝了些啤酒，宿醉未退，看見克莉絲汀時心想，這個克莉絲汀・潘馬克真是個嬌滴滴的傻妹，笨蛋金髮妞！恐怕連下雨的時候該躲雨都不會吧，笨死了！一天到晚讓蘿達呼嚨過來，呼嚨過去。

他走進涼爽的地下室，想起水管事件，想起布里德勒太太對他說的刻薄話，心下又憤憤不平起來。雖然現在他還沒報仇，但等著瞧吧……

她車庫門開著，車子不在，一定是進城花錢去了，要不然就是去找人聊天。他敢說她吃的絕不是紙袋裝的午餐，而是某家好餐廳裡的大餐。他能想見她一屁股坐到椅子上，就開始嘰哩呱啦說個不停。他的眼神在這堆滿雜物的空間裡轉了轉，看見角落立著一個廢棄的鏟土機，立刻心生一計，開心無比。他把鏟土機推到布里德勒太太的車庫前面。怕她認不得是他做的，還把水桶和抹布放在旁邊。他審視成果，覺得相當有美感，很滿意，於是就回地下室把午餐吃完。想到布里德勒太太開車回來，發現進不了車庫，得先在烈日中下車搬開障礙物，臉上會氣出什麼表情，就竊喜不已。

他在地下室用紙張和木屑堆出了一個臨時床鋪，前頭用壞掉的舊沙發擋著，以免經過門外的住戶無意間看見。每當他有現在這種感覺的時候，就會溜進去睡一下。他在紙張和木屑上方鋪一層舊棉被，伸個懶腰，色瞇瞇開始胡思亂想。他想，那個金髮笨妞的丈夫老是不在家，她一個人不知道都找些什麼樂子。真希望現在她在這裡，跟他一起，他會好好教她點技巧。等他搞定她以後，那個金髮妞就會寫信給她丈夫，叫他別回來了。他翻個身，看著蒼蠅從天花板的這一頭爬到那一頭。

那個金髮傻妞長得真好看，把好多電影明星都比下去了。可惜對他來說，她太軟弱，太傻氣了點，太好搞定了。她太像他太太……不過那個壞壞的小蘿達就不同，什麼事都瞞不過那個壞小孩，等她長大以後，一定了不得。要是哪個男人膽敢對不起她，她恐怕會拿平底鍋敲掉他的頭。他腦子裡充滿各種想像，滿足地笑了，再翻個身，就立刻睡著。

克莉絲汀叫蘿達去公園玩。她拿出為女兒買的布料，才剛裁好，用長針腳疏縫固定，莫妮卡就來了。莫妮卡剛到家，還沒進自己家門，上樓路過這裡，就先來找克莉絲汀。她看起來不但累得要命，而且氣得要死，接過克莉絲汀送上的冰茶，喝了一口，就說：「我再也受不了雷洛伊了，一天都不行。他愈來愈過份，真讓人不敢相信。要不是因為他太太孩子可憐……」

她聳聳肩膀，又說：「其實我根本不用說，妳清楚得很，妳跟我一樣了解他這個人，我根本提都不要再提了！」

但她當然還是提了，而且鉅細靡遺，講完以後，氣消了，平常的幽默感就回來了。她甩甩頭，笑著說：「我何必自欺欺人？親愛的克莉絲汀，我超愛朝雷洛伊大吼大叫，而且我確定他心裡也很清楚。我內在有種想說粗話的欲望，雷洛伊正好能給我發洩的好理由。」

她摘下帽子，往沙發上一丟，猛然想起：「蘿達的項鍊！我是為這個來的，不是要跟妳講雷洛伊．傑塞普的事啦。」

她說她把項鍊送去了裴吉森的店，因為她認為那是鎮上最好的一家珠寶店，而且她和裴吉森老先生認識很久了。裴吉森先生聽她說完要求以後，說他覺得不錯，但兩星期之內無法交件，在她前面還有太多其他客人的工單。她對裴吉森先生說，別說兩星期了，就連明天她都不願等，今天就要，最好是兩小時內就能給她。裴吉森先生搖著他那顆虛弱的頭，說這絕不可能，辦不到。

克莉絲汀笑道：「我想像得到妳會怎麼回答可憐的裴吉森先生。」

「噢，很難喔！」她開心地說：「我覺得就連妳跟我這麼親恐怕都猜不到，這回我真是太厲害了！」她把兩條粗腿伸直，繼續說道：「我的方法很簡單，而且非常天才。我就只用最最理性的口氣說：『親愛的裴吉森先生，您一定是忘了，本年度的社區福利基金依舊是由我掌管，而我之所以這麼急著取件，是因為想趕回家去編列募款對象和預算。幸虧到您店裡走了一遭，得知貴店生意這麼好，原本只打算向您募一千元的，看來我得趕緊把它上修到……噢，我得好好想一想，該上修多少。」

「莫妮卡！莫妮卡！妳不覺得這樣很可恥嗎？」

「一點也不覺得！」莫妮卡尖聲說道：「一點也不會啊，我親愛的克莉絲汀。我說：『我想，如此生意興隆的店，捐兩千五百元應該挺公道的。』說這話的時候我當然朝他眨了眨眼。他聽懂了，就說：「妳愛列多少預算就列多少預算，我又不一定要捐。法律又沒規定我得捐社會福利基金，愛捐不捐隨我高興。」

莫妮卡放下杯子，拿手帕擦擦眼角。「我說：『裴吉森先生，你真這麼以為？』」

「他說：『不是以為，是知道。』於是我只好說說我們拿這種案例都怎麼辦。我們會把他放進『難搾名單』裡，然後由志工來處理。我告訴他：『首先，我們會派出去年新加入的女志工，為了慈善，她們什麼事都做得出來。她們會遵照指示，去你店裡哭著哀求你捐錢……當然會盡量挑店裡人滿的時候。如果這樣沒用，我會請年高德劭的蜜妮．普林格小姐出動，她可是募款專家。』我知道只要提到蜜妮小姐，他一定會上勾。」

說到這裡，她想起克莉絲汀還沒見過蜜妮小姐，說將來有幸一定要見上一面。蜜妮小姐的聲音利得像刀，單調有力如同霧角，感性程度像犀牛，固執程度像嚙龜，真可說是鎮上最恐怖的一把老戰斧，比莫妮卡自己還厲害。

「我知道裴吉森老先生已經中招了，可是他還嘴硬，說：『蜜妮‧普林格要來就來呀，我挺喜歡她的，本店隨時歡迎她光臨。』我就提醒他，蜜妮出手的時候，會站在他店門裡面，提醒他，當然也提醒他的顧客，他有這麼好的生意，這麼棒的金礦，靠的不僅是努力，還有神的寬容。神能讓他生意好，也能閃電打雷把他的一切都奪走。如果他不盡公民義務，捐錢給社會福利基金，那大禍臨頭的日子就不遠了。」

克莉絲汀嚇壞了。「妳真這麼做了？」

「當然沒有，親愛的，我要敢這麼做，艾默里非用浴缸淹死我不可。我根本就沒打算玩真的啦，只是唬唬可憐的裴吉森老先生而已。可是他跟妳一樣擔心，瞧，我這人古怪出了名也有好處，怪人的行為難以預測掌握，所以大家都怕怪人。」

莫妮卡的故事終於講到尾聲。「妳都聽累了吧。最後，我臨出店門的時候，對他說：『我還有點事情要辦，十二點半會準時回來取件，就麻煩您了。』

克莉絲汀笑著說：「他們真能趕得及？」

「噢，我親愛的天真的小克莉絲汀呀！當然趕得及！」她打開皮包，拿出項鍊，鉤子修好了，寶石換好了，墜子清理過，背後還刻上了精美的R. H. P.三個字母。她把項鍊交給克莉絲汀，愉快地說，她順心如意把事情辦完以後，良心有點不安，覺得不應該威脅裴吉森先生。她記得裴吉森先生最愛吃椰子派，而且他吃椰子派很講究，要新鮮椰子做的，不要那些紙盒裝的椰子乾。他喜歡椰奶混上卡士達醬，烤得黃黃香香的，進爐以前還要在表面撒上新鮮椰絲。這些是他幾年前講給她聽的，他說裴吉森太太過世以後他就再也沒吃過這種派，因為這一代人都愛抄捷徑，凡事圖快圖方便，不肯費那些工。

莫妮卡打開購物袋，拿出一顆大椰子。「我在迪米崔水果店挑了全店最漂亮的一顆。等一下就上樓去幫親愛的裴吉森先生烤派。我會照他喜歡的方式烤，而且會烤得比他太太的派更好吃。不管他怎麼說，他太太的廚藝頂多只能算一般，我卻是全鎮最會烤派的人。說真的，這會是他所吃過的派裡最好吃的一個。」

莫妮卡走了以後，克莉絲汀又悶悶不樂起來。晚飯後，她對蘿達說：「我想了一整天，決定把獎章還給戴葛爾太太，告訴她是妳偷的，請她原諒。」

「我沒有偷東西，媽媽，妳怎麼能這麼說？獎章是克勞德賣給我的。」

「我不知道妳怎麼拿到獎章的，但是我知道絕不是像妳說的那樣。就算妳真的用錢跟克勞德租獎章，也早該還了。」

蘿達定定地望著她，眼神冰冷狡詐，既然克莉絲汀已經知道這麼多，她就不需再隱瞞心機。「這獎章不屬於戴葛爾太太，不是她得來的。由我留著還比較合理。」

克莉絲汀不管她反不反對。「我不會去太久，妳乖乖在家等我回來，明白嗎？」她考慮過要帶女兒同去道歉，順便為她上一課，讓她了解別人的悲傷，可是再想一想又覺得既丟臉又無用，就算了。她把獎章放進皮包，沒跟任何人說，就自己出門去了。戴葛爾先生開門的時候猶豫了一下，好像有點不安，他猶豫的時間長到令克莉絲汀覺得奇怪。他緊握雙手請她去客廳，自己先跑進去通知太太她來訪。克莉絲汀聽見戴葛爾太太那歇斯底里又帶有金屬感的聲音傳了出來。「她又來幹嘛？你去問問她，她害我們害得還不夠嗎？還要幸災樂禍來看看我們有多傷心？她來是不是要提醒我們，她的小孩平安快樂，而我的……」她的話說著說著成了哀鳴。她丈夫緊張地說：「拜託，荷坦絲，別這樣，她會聽見的。」

「就讓她聽見怎樣？」戴葛爾太太說：「就讓她聽見！有什麼關係？」然後她聲音軟了下來，疲倦地說：「叫她走。跟她說我們不想見她，叫她立刻回家。」

戴葛爾先生走出來，抱歉地說：「荷坦絲平常不是這樣的，請您諒解，她現在對所有比她幸福的人都充滿恨意……天曉得，現在沒人比她更不幸。克勞德死後她就失去了理性，得看醫生，醫生今天下午還來過。」他把聲音壓到更低，說：「我們很擔心她。」

克莉絲汀按住他的手，表示諒解，轉身離開。就在此時，戴葛爾太太忽然衝了出來，雙眼紅腫，頭髮濕黏，臉就好像被毒蟲咬過似的浮腫泛紅。她一把抱住克莉絲汀，說：「別現在走，既然來了，妳一定要留下。」她大聲哭著趴在客人肩上。「我很高興妳能來，我常跟我先生說，上回妳來我好開心，不信妳可以問他。真高興妳又來了，我說過，希望潘馬克太太還會再來。」

她放開客人，在沙發上坐下。「過來，克莉絲汀，坐我旁邊。我可以叫妳克莉絲汀嗎？我知道妳家的社會階級比我家高，一定有過初次進入社交界的舞會什麼的，我沒法跟妳比，但也許妳不介意在我旁邊坐一下？妳知道的，我原本在美容院工作。我一直覺得克莉絲汀這名字好溫柔，荷坦絲聽起來就蠢。小時候別的小孩老拿我的名字開玩笑，在廁所牆上寫我名字。」她嘆口氣，揉揉眼睛。「妳知道的，孩子調皮起來可以壞到不行。」

戴葛爾先生忙著阻止自己的妻子：「荷坦絲！荷坦絲！」又對克莉絲汀說：「荷坦絲平常不是這樣的，她生病了，正在治療中。」

「妳很迷人，克莉絲汀，可是金髮美女老得快。妳穿衣服很有品味，置裝費一定不少。我年輕的時候一直很希望自己能像妳這樣，可是，當然啦，我辦不到。」她不知道想起了什麼往事，咯咯笑了起來。「克勞德死後，我去找過奧克塔薇亞・奉恩小姐，她講的不外乎報紙上、廣播裡那些。可是，噢，她是個狡猾的東西……那個奧克塔薇亞・

奉恩小姐！她如果決心不告訴我任何事，就什麼都不會說。她有話藏在心裡，我一直跟我先生說，這整件事一定有鬼。妳知道嗎？我先生很晚才結婚，四十幾歲才結，當時我年紀也不小了。」

「拜託，荷坦絲，求求妳別講了！我扶妳回床上休息好不好？」

「這整件事一定有鬼！克莉絲汀！我聽說妳女兒是他生前最後一個看見他的人，妳能不能幫我去問問她？也許她還記得什麼小事，多小的事都行。奧克塔薇亞什麼都不肯告訴我，我怎麼問都問不出來。」

「奉恩小姐已經把她知道的事全都告訴妳了，荷坦絲，妳不該一直把她當敵人。」

「奉恩小姐瞧不起我。她知道我父親從前是在聖西西莉亞街上賣水果的小販。」她見克莉絲汀試圖插嘴，就用她濕濕的手擋住她的嘴，溫和地說：「噢，這是真的，不用為她說話，我不是傻子。她確實瞧不起我，要不是因為我父親，就是因為我婚前當過美髮師。她們三個以前常去我工作的店。潘馬克太太，妳知道嗎？玻哲絲小姐的髮色是染的，她要是知道我把這件事說了出來，肯定會昏倒。可是這是事實，她染過頭髮。」

克莉絲汀摟住眼前這個痛苦的女子，閉上眼睛，心想：不要讓我現在流露出情緒！等回家以後，沒人看見的時候再哭！

戴葛爾先生點起香菸，在客廳裡走來走去，一下子調整花瓶的位置，一下子把牆上的畫框扶正，一下子又去摸那蜘蛛網似的、難看得要命的水晶燈。「荷坦絲平常不是這樣的，潘馬克太太，請您見諒。」他懇求妻子：「回床上去，好嗎？潘馬克太太會握著妳的手，在床邊坐一會兒。」

戴葛爾太太向臥房走去，說：「真的嗎？克莉絲汀？」又謙卑地說：「妳穿這麼簡單的款式很好看，跟妳很配。我就沒辦法穿這種風格的衣服，也不知道為什麼……我知道所有的媽媽都說自己的孩子好，可是他真的好甜好可愛，他說我是他的甜心，長大以後他要娶我。我老是笑他，說：『到時候你早忘了我，長大以後你會找到一個漂亮女孩，跟她結婚。』」

戴葛爾先生和克莉絲汀合力扶她回房，她講話的聲音愈來愈大。「潘馬克太太，妳知道他怎麼回答？他說：『不會，我不會。因為這個世界上找不到比妳更漂亮更可愛的女孩。』真的，如果妳不信，可以問我們家的廚子，當時她在場，全聽見了，還跟我一起笑。他手上有瘀傷，額頭上還有奇怪的新月形傷痕，殯儀館的化妝師幫他蓋掉了。他死前一定流過血，那是我醫生說的，他說他一定流過血，只是被水沖掉了。」她轉身趴在枕頭上瘋狂地大哭起來。「那個書法獎章到底哪裡去了？我有資格知道，所以不要阻止我！我是那孩子的媽，我要查出那獎章怎麼了，才能查出我兒子發生了什麼事！為什麼沒人能把那個獎章找出來給我？」

她坐起身子說：「潘馬克太太，我不知道妳憑什麼認為可以不請自來，可是如果妳想讓我高興的話，就趕快走吧。」

戴葛爾先生說：「荷坦絲平常不是這樣的。」

戴葛爾太太撥開臉上的頭髮，說：「我真讓人受不了！我真讓人受不了！」

戴葛爾先生說：「荷坦絲正在接受治療。」

克莉絲汀回到家中，獎章還在皮包裡。蘿達靜靜坐在燈下讀書。她看見媽媽臉上表情憂煩，感受到無聲的譴責，知道媽媽在氣她。她瞇起眼睛，不知道媽媽究竟跟戴葛爾太太說了什麼，也不知道戴葛爾太太反應如何。她起身偏著頭笑，用她從某處學來的可愛姿勢拍手說道：「如果我給妳好多好多親親，妳會給我什麼？」

克莉絲汀沒有回答，蘿達慌了，跑過去抱住媽媽的腰，說：「媽媽，如果我給妳好多好多親親，妳會給我什麼？」

克莉絲汀再也站不住了，她猛然坐下，抱住女兒，臉頰貼住臉頰，說：「噢，我的寶貝！噢，我的寶貝！」可是對於女兒的問題，她沒有回答。

6

潘馬克太太又失眠了。她腦中一直聽見戴葛爾太太重申兒子有多愛她，聲音一下子尖，一下子啞。她一直聽見戴葛爾太太絕望地重述那死亡事件中難解的謎。最後，她好不容易睡著，卻做了一個惡夢，非常可怕，可怕到她無法記住。但她第二天醒來時，陽光溫柔地灑在地毯上，窗外傳來每天早上慣有的親切聲響，心情就平靜了。那個記不起的夢境裡似乎有些東西提醒了她，她發覺自己一直想親自去一趟班乃狄克，想親眼看看那片樹林、那間房子、那個海灣和舊碼頭。

九點鐘，她打電話給奧克塔薇亞．奉恩小姐，奉恩小姐說她完全了解，而且很樂意陪她去，當她的導遊。她提議明天就去，兩人說好，潘馬克太太十點鐘去學校門口接她。克莉絲汀掛上電話，心想：蘿達從來不會像其他小孩那樣不聽話、偷懶、沒禮貌，她有很多很好的特質，但就是有點怪。

她坐在窗邊等郵差，希望肯尼斯有信來。郵差準時在轉角出現，她的鄰居弗西斯太太等在那裡，一看見郵差就迎上前去，問：「您在韓國失蹤的兒子有消息沒有？」

「沒有，我們還沒接到新的消息，只能繼續抱著希望。」

「等消息真難受，奎克摩斯先生，我很同情您，我聽說他失蹤以後，就一直為他祈禱。」

「謝謝您。您真是個好朋友。」

「我真不明白這世上為什麼會有這麼多痛苦和殘忍的事，但這就是事實，我們每個人都不得不面對。」

郵差說，面對人生，我們可以選擇悲觀，也可以選擇樂觀。「目前，除非有另一種結果出現，否則我打算先抱著樂觀的期待，相信凡事都會心想事成。」

「這樣確實比較好。」

「還記得二次世界大戰期間，我得挨家挨戶去給很熟的朋友送壞消息，那真是我所做過最難的事。當時我一直對自己說：『這種事總得有人做。』但現在我想我辦不到了。」

他走了，弗西斯太太也回家了。克莉絲汀從信箱拿出她期待已久的信，迫不及待地展讀。肯尼斯在信上詳述他這段時間所做的事，以及接下來要做的事。他說他很想念克莉絲汀和蘿達，用筆墨難以形容，恨不得能立刻把工作完成，趕快回家。

她看完信，竭盡所能把信中所有情意都領略以後，回到臥室，拿起化妝台上丈夫的照片，仔細端詳。照片中他穿著海軍制服，是她初初見他的樣子，頭髮很黑，理得很短。那雙棕色眼睛帶著天真的渴望看這世界，很迷人，她一直深受他這種特質所感動。她現在好想見肯尼斯，好想聽到他的笑聲，好想要他摟住自己，想得快受不了了。她伸手去摸丈夫那曬得黝黑的光滑臉龐，心中充滿愛意，回想起只屬於他倆的甜美親密時光。可惜想歸想，她沒法要他回來，只好遺憾地繼續縫蘿達的衣服。

但她沒法專心在衣服上，念頭一直往別處轉。最後還是拿出了打字機，再給丈夫打一封長信。她在信上寫出心中的恐懼，說她找到了獎章，蘿達有一堆託辭，她雖不信，卻問不出所以然。她講到第二次拜訪戴葛爾家的事，講到郵差的兒子在韓戰失蹤。未來她要照那郵差說的，對於無法掌握的環境平心以對，不去憂煩，她要樂觀，不要悲觀。她寫道，這些信我不能寄出，親愛的，但我會好好留著，等你回來一起讀。到那時事過境遷，我會明白一切都是多慮。到那時你就可以擁我入懷，笑我軟弱，笑我不理性，用你那溫柔可愛的聲音笑我亂想……

她一直寫，一直寫，說她壓力好大，大到不得不向某種強過自己的力量尋求安慰。她相信有神，但從不信教。她相信有種強大的力量一度創造了宇宙，現在仍引導萬物，她選擇相信那力量仁慈良善，但現在她明白自己為什麼一直無法接受正統宗教說法了，那是因為教會總想以人的形象來體現神，用人對自己的定義來定義神，用宗教儀式來表彰神的力量，將人為人的安全所設計的律法和神的律法混為一談……

她寫道：我現在聽起來是不是很像莫妮卡？你是不是很驚訝這些念頭在我心裡居然存了這麼久？這些年來我一直扮演保守順服的角色，但其實那並不是真正的我，都只是跟我媽媽學的。你知道，我爸爸雖然迷人、聰明又和善，可是有時候也會懷疑、焦慮或沮喪，這時候他就會到媽媽或我這裡來尋求平靜與自信。我媽媽最大的快樂就是去補他的不足，好讓他成為他後來那個樣子。媽媽曾對我說，那就是她存在的意義。我從她那裡學到一點沉著冷靜，也許是因為我很愛她。別誤解我，親愛的，別受誤導，我心底的情緒暗潮洶湧，現在得盡全力才能按捺得住了。

我好想你好想你，想得不得了。收到這封信以後，請拋開一切，無論手上有多麼重要的事，都請丟下，回到我身邊吧。回來笑我，回來告訴我一切懷疑都屬無稽，回來擁我入懷，回來吧！親愛的，回我身邊！請你快快回我身邊！

她寫完信，收進抽屜鎖好，走到窗前，雙手按在臉頰上站了一會兒，等心情平靜些，就走開去做日常家事。後來在讀早報的時候，她看見頭版有篇很長的報導，講的是目前正在審理的一件謀殺案。這類新聞她通常都沒興趣，今天卻看得很仔細。嫌犯名叫侯伯特．龐德，涉嫌為保險金殺害妻子。

她還沒把整條新聞看完，莫妮卡就來了。莫妮卡一進門就把手上的書往茶几上一放，說：「妳臉色有點蒼白，看起來很累啊，親愛的，妳有煩惱嗎？怎麼一副恍惚的樣子？」

克莉絲汀說她沒事，只是正在看龐德案的報導。莫妮卡一聽見龐德的名字，話匣子就開了。她說侯伯特・龐德的母親她認得，龐德太太有兩個小孩，為謀殺案受審的這個是大兒子，小的那個叫查理。侯伯特從小就厄運纏身，七、八歲的時候不小心把弟弟鎖進冰箱，然後就把他給忘在裡面。

克莉絲汀說：「妳帶的是什麼書？是要給蘿達的嗎？」

「這是本有插圖的《魯賓遜漂流記》，艾默里小時候的書。他想蘿達也許會喜歡。」

要岔開她的話題並不容易，她立刻回頭又說起龐德家的歷史。侯伯特的外婆和女兒女婿同住，侯伯特十四歲那年，外婆離奇地被他的高爾夫球杆打死了。

克莉絲汀說：「我小時候也愛看《魯賓遜漂流記》，我想蘿達一定喜歡。」

莫妮卡根本停不下來。「後來，侯伯特二十歲那年，他父親在車庫上吊自殺，原因不明，大家到現在都還想不透。接著他母親也突然過世，據說是急性消化不良。現在更可怕了，他太太居然被槍殺！」她嘆口氣，問：「妳怎麼突然看起謀殺新聞啦？」

第二天早上，克莉絲汀把女兒託給弗西斯太太，說她要去班乃狄克一趟，到家就來接。蘿達帶了剛拿到的《魯賓遜漂流記》，到弗西斯太太家半圓型的陽台上，坐著看書。才剛坐下，就聽見雷洛伊大笑和自言自語的聲音，她彎腰往下看，看見他在甜橄欖樹下工作。

雷洛伊沒抬頭，可是他知道他已經成功引起蘿達注意，便說：「她坐在弗西斯太太家陽台上，裝出一副天真可愛的樣子，想要什麼東西都要得到。可是她裝模作樣哄得了別人，哄不了我。不可能！她一點也哄不了我！」

那孩子低頭看他，先是面無表情，然後好像覺得無趣似的，回頭繼續看書。

雷洛伊笑著輕聲說道：「她不愛理聰明人，只愛跟好騙的人說話，比如說她媽媽、布里德勒太太，還有艾默里先生。」

蘿達闔上書本，說：「別再說蠢話了，專心剪你的樹枝吧。」

他仰著頭對上蘿達冰冷的眼神，手叉腰，讓大剪刀貼著他骯髒的工作服。他們一個在陽台上，一個在陽台下，活像在演某齣古老的戲碼。「我已經抓到妳的小辮子了，小姐，我聽說妳做了一些壞事，聽說妳在樹林裡把戴葛爾家那可憐的孩子打了一頓，奉恩家三姐妹把妳拉開，而且要她們三個人合力才拉得開妳。我還聽說妳一路把他追到碼頭上去。」

蘿達放下書本，專心聽他說完，然後說：「你說這種謊話，死後就上不了天堂。」

「我聽人講了很多。」雷洛伊說：「我很會聽人講話，不像妳每天自己講個不停，都不讓別人插嘴。我都聽人講話，所以知道很多事，所以我才會這麼聰明，妳才會這麼笨。」

「別人說的常常都是謊話。」蘿達說：「我想，說最多謊的人就是你。」

雷洛伊激動得揮舞剪刀。「我知道妳把那小男生追到碼頭上之後對他做了什麼，我知道。你騙得了別人，騙不了我，因為我不笨。我抓到妳的小辮子了，小姐，妳從今以後最好對我好一點。」

「是喔？那你說說看我做了什麼？」

雷洛伊拿剪刀朝下做了個誇張的動作，說：「妳撿了根樹枝，用來打他，沒錯，就是這樣！妳要那個獎章，他不肯給，妳就打他！我這輩子見過不少壞女孩，但沒有一個比妳更壞！」

蘿達靠在陽台的大理石圍欄上，對他說：「你說謊。大家都知道你會說謊，沒人相信你。」

「妳想知道妳打那個小男生以後又做了什麼嗎？好，讓我告訴妳。妳把那個獎章從他身上扯下來，然後把他推下碼頭，讓他摔在那堆木樁中間。」他心中竊喜。這下子她可得專心聽我講話了，我總算讓她怕了。

蘿達低頭瞪他，那雙棕眼閃閃發光，驚訝地圓睜著，露出天真的表情。「這種謊我可不敢說，我怕上不了天堂。」

「不用在我面前裝無辜，蘿達小姐，我可不像那些笨蛋，我可不……」

雷洛伊的話講到一半，弗西斯太太忽然走到陽台，雷洛伊立即蹲下，開始修剪甜橄欖的枝葉。老太太問：「蘿達，妳在跟誰說話呀？」她左看右看沒看見人。「我明明聽見這裡有說話的聲音。」

「我在大聲唸書給自己聽。」蘿達拾起書來翻開，說：「我喜歡大聲唸出來比較好聽。」

雷洛伊蹲在屋旁偷笑，覺得自己真聰明。這個壞小孩，還敢說別人說謊！她自己才是高手哩！鎮上鐵定沒人比得過她！他真棒，居然編得出蘿達撿樹枝打人的劇情。他當然不會笨到相信八歲小女孩會做出這種事，但當場編出這種故事來，可不是誰都做得到的，太聰明了。他等弗西斯太太走回屋裡以後，又跑出來低聲對蘿達說：「妳知道我說的是事實，妳知道我已經發現真相了。」

蘿達靠在大理石欄杆上說：「你講的每句話都是謊話，你每次都說謊，雷洛伊，大家都知道你愛說謊。」

「愛說謊的人不是我，是妳吧！」

蘿達懶得跟他囉唆，拿起書進屋去了。雷洛伊開心繼續工作，當那棵甜橄欖是蘿達，好好修理了一番。

克莉絲汀把車停在奉恩小學門口。奧克塔薇亞小姐從百葉窗縫裡看見了，就走出來上車。兩人一路上沒說什麼話，就算硬講，也都是些索然無味的事。抵達班乃狄克，開上兩旁栽滿槲樹和杜鵑的大道上後，奉恩小姐說：「既然來了，妳一定要看看我們的夾竹桃，當年我祖父種那些夾竹桃是為了當路旁的屏障，現在都長成樹了，妳看，現在正是花季。」

下車以後，奉恩小姐說，她前一天晚上給班乃狄克的管理員打過電話，他們會把午餐準備好，便餐而已，菜色簡單，只有蟹肉蛋捲、脫脂酸奶小圓餅、蔬菜沙拉和冰咖啡。她希望潘馬克太太喜歡螃蟹。「現在盛產，海邊水淺的地方隨便撈都撈得到。我像蘿達那麼大的時候，我爸在海邊圈了一塊養殖區，養些螃蟹在裡面，希望在盛產季過後還有得吃。結果這和我爸其他的構想一樣不切實際，螃蟹養在一起就會把彼此吃掉，根本等不到我們吃。」

她們慢慢逛到橫跨小落失河的橋上，望著映在黑水上的身影，聽見午餐鈴響，就回屋去了。午餐後，克莉絲汀說，如果奉恩小姐允許，她想一個人去碼頭。奉恩小姐和藹可親地點頭說：「當然好，當然好，我晚點過去找妳，好嗎？我想剪些火紅的夾竹桃回去送人，我有個朋友最愛那顏色。那是突變品種，我從沒在別處見過。反正時間多得是，我下午沒別的事要做。」

克莉絲汀走到碼頭盡處，站在那裡，猶豫不決。她知道自己為什麼要一個人來。她打開皮包，拿出那個書法獎章，丟進水裡，丟到木樁間，感覺自己就跟蘿達一樣有罪。想到這種鬼鬼祟祟的做法多麼不誠實，多麼有損人格，她就很不想做，可是現在也沒別的法子可以處置這個獎章了。去過戴葛爾家後，她發現獎章絕不能還給他們。所以，為了合理化自己的做法，她只能對自己說：「蘿達是我的骨肉，我有義務保護她。」

奉恩家的涼亭經過多年風吹雨打，已經不怎麼堅固了。克莉絲汀走進涼亭，腦中一片混亂，她的煩惱也許有道理，也許沒有，但要怎樣才能知道？怎樣才能確定呢？心中懷有疑問真是太折磨人了，不管答案是什麼，知道都比不知道好。她有氣無力地坐下。

奉恩小姐挽著一籃花進來。兩人無言坐著，望向海面，唯一打破沉靜的就只有鯡魚躍起的聲音。最後，奉恩小姐終於開口說：「別再愁眉苦臉了，妳笑起來比較好看。相信我，世界上沒有什麼事值得皺眉，更別說流淚了。」

克莉絲汀說：「能不能告訴我，野餐會那天到底發生了什麼事？妳看，我都擔心成這樣了。」

奉恩小姐驚訝地說：「啊？難道妳不知道嗎？我以為妳知道。」她把夾竹桃全拿出來，然後一枝一枝插進籃子裡。她說，她相信那天的情況是這樣的，克勞德從蘿達身邊逃開之後，跑到碼頭上，也許就躲在這間小屋裡。後來蘿達找到他，他嚇得頭昏，就不小心掉進了水裡。

克莉絲汀說：「是的，是的，我能想像。」

奉恩小姐說，克勞德雖然生性懦弱，但很會游泳，這一點蘿達也很清楚，所以她大概以為他能自己游回岸上，誰曉得他會撞上木樁？孩子和成人不一樣，我們不能用評斷成人的標準來評斷小孩。孩子常會沒安全感，常會感到無助，也許蘿達當時只擔心克勞德毀了他的新衣服，她會因此挨罵，所以警衛喊她的時候她就更緊張，趕快跑掉了。也許她躲在茂密的長春花後頭觀望了一會兒，沒見克勞德游上岸，還以為他躲在碼頭上等著嚇她，所以就沒採取任何行動。後來，等到一切都來不及了的時候，她當然不敢坦承之前發生的事。

她放下籃子，抬手遮光望向遠方藍色的大海，說：「如果真要我老實說，事實就是，蘿達在緊急狀況下做了逃兵，但她畢竟還小，就連老兵和智者在第一次面對猛烈攻擊的時候也可能會逃。」

她們走上碼頭的時候，奉恩小姐忽然伸手拉住克莉絲汀。「我沒有敵意，請不要再當我是妳的敵人，如果妳需要我，一定要立刻來找我。」

克莉絲汀說：「那男孩的死讓我太難過了。我太焦慮，太自責。」

奉恩小姐說她很能理解潘馬克太太的感受，她自己這輩子也老愛自責，那些罪惡感實在很沒道理，很傻，理性想想，就會發現自責只不過是驕傲的另一種形式，而且只是一種比較痛苦的形式而已。

但是我們有各自不同的罪惡感是很正常的，畢竟人類本就有原罪。我們從小受到的教育就說人的衝動是可恥下賤的，人類是卑鄙的，人類的繁衍靠的就是猥瑣的罪行，需要求神恕罪。她認為神職人員在社會主義者拷問下輕易認罪並不足為奇，能撐那麼久才是奇怪的事。因為他們從搖籃時期就習於認罪。

克莉絲汀說：「我不知道，我不算真正的知識份子。」

她們回到車上，奉恩小姐仍然在說，人若不能了解宇宙的無限與無常，就無法理解神的本質。她認為像我們這樣的凡人若妄想以世俗的觀念來界定神，那麼不單愚蠢，而且放肆。

克莉絲汀心想：我要接受蘿達的說法，我不要懷疑她。巴爾的摩那位老太太的死和戴葛爾家兒子的死之間並沒有關聯，我只能相信她，否則我就是有病。

奉恩小姐還在繼續她的話題，偶爾停頓一下，為她介紹窗外特殊品種的樹和具有歷史意義的地標。她說：「我們怎麼知道我們對善惡的標準在神的眼中會不會不值一顧？我們的試驗，我們的規範，說不定神根本就不了解。在大自然界，弱肉強食是常態，我們憑什麼認為神的標準和我們一樣？」

克莉絲汀說：「也許是吧，我不知道。」

「莫妮卡‧布里德勒有一次開玩笑說我頭腦簡單，想法過於浪漫。」她語帶不屑地笑著說：「其實正相反，她才是。莫妮卡認為人心能靠躺在沙發上對著另一個人講話得到改變，但事實上那個聽話的人多半也跟他的病人一樣迷惘。莫妮卡如此輕信權威，才真叫頭腦簡單，過於浪漫。」

吃完午餐，蘿達想去公園坐坐，弗西斯太太說可以，她便帶書去平日愛待的石榴樹下看。書還沒翻到上回看的那頁，雷洛伊就跑到旁邊來，假裝要掃她身後的小徑，同一個地方掃了又掃，不肯離開。「妳坐在那裡看書，裝出一副乖相，心裡其實在想妳怎麼拿樹枝打那個小男生的吧？是不是呀？妳是不是在想這個呀？妳在想這個，所以臉上表情那麼高興，對不對？」

「趕快掃完地走開吧，我不想聽你說話，你老愛說些蠢話。」蘿達說這話的時候，態度活像個大人，彷彿覺得對方很無聊，但不想跟他計較。

雷洛伊放下掃把，研究起那棵石榴樹，點頭竊笑。他拾起一根枯枝，走到蘿達面前，掂掂它的重量，裝出純潔的表情問道：「妳用來打他的樹枝是不是這個大小？」

「去掃你的地。要是不想掃地，就去找別人說話，不要吵我。」

「妳把小戴葛爾推進海裡以後，他想爬回碼頭上，可是妳用力敲他手背，直到他掉回海裡淹死為止。噢，不只這樣，他掉回海裡之前，妳還在他太陽穴上用力敲了一下，讓他血流不止。」

蘿達四下裡看了看，想找樣東西來當書籤，她不想折頁傷書，書是她的財產。地上有根柔軟的鴿子羽毛，她拾起來，吹乾淨，夾進書裡，把書放在身旁，然後冷靜地直視雷洛伊。

雷洛伊開心地說：「妳假裝聽不懂我在說什麼，可是妳聽得懂，對吧？妳不像別人那麼笨……這一點我不得不承認，雖然妳很壞，但並不笨，妳跟我一樣搞得清楚狀況。所以妳沒把樹枝留在現場，免得被人找到。噢，不，妳才不會那麼傻哩。妳逃跑的時候把樹枝帶走，然後趁沒人看見的時候拿去海邊洗乾淨，才丟回樹林裡去。」

「我覺得你這人真的很笨。」

「就算我笨，也沒妳笨。」雷洛伊愈來愈喜歡這個遊戲了，這個壞小孩雖然裝出一副不感興趣的樣子，但其實她很在意，甚至很害怕，只是不肯承認。「笨的人是妳，不是我。因為妳笨到以為能把血洗掉，不知道血是洗不掉的。」

「為什麼洗不掉？」

「因為就是洗不掉。就算妳一直洗一直洗，洗掉一些，也沒辦法完全洗乾淨，總會留一點在上面。這大家都知道，就只有妳不知道。妳就是因為話太多，不聽別人講，才會不知道的。」

他開始興高采烈掃起地來。「告訴妳我要怎麼做吧。要是妳不趕快對我好一點，我就要打電話給警察，叫他們去樹林子裡找那根樹枝，他們一定找得到。他們有專門找帶血樹枝的狗，只要樹枝上有血，牠們就聞得出來，不管妳洗得再乾淨，牠們都找得到。然後，他們會在那根樹枝上灑一種特別的粉，原本看起來乾淨的樹枝上就會出現那可憐小男生的血，讓大家知道妳做了什麼。血跡會變成淺藍色的，像知更鳥蛋的顏色，然後警察……」

他硬生生打住，轉過身去，因為他看見潘馬克太太正走進公園，要來找她女兒。她一走進來就覺得氣氛不對，便問雷洛伊：「你又在跟她胡說些什麼？你又惹她了？」

雷洛伊倚著掃把說：「沒有，潘馬克太太，我沒胡說，我只是在跟她聊天。」

克莉絲汀問女兒：「他跟妳說了什麼？」

蘿達站起身來，拿起書本。「雷洛伊說我應該多跑跑跳跳，多玩一玩，不要一直看書。他說我這樣一直看書遲早會近視。」

克莉絲汀看見女兒眼中含著冷酷和憤怒，也看見雷洛伊聽這孩子說話時露出的得意，她心中燃起熊熊怒火，但仍強自遏抑著，緊握拳頭，盡可能用平靜的語氣對雷洛伊說：「我希望你不要再跟蘿達說話，無論如何都不許，你明白嗎？」

雷洛伊瞪大眼睛，一副驚訝又受傷的樣子。「我又沒對她說什麼不該說的話，她剛不也說了嗎？」

「還是一樣，你以後不要跟她說話。如果你再來煩她，或者去煩其他小孩，我就會找警察來處理，這樣講夠清楚了嗎？」

她牽著女兒的手，繞過蓮花池往家門走，快到門邊的時候，蘿達回頭狠狠瞪了雷洛伊一眼，那一眼的意思既明確又深刻：「你說我的那些話，其實說的是你自己。」

那天晚上，吃完飯以後，雷洛伊脫掉鞋，笑著把這件事講給老婆聽。他的三個小孩光著腳在草地上做紫茉莉花串，腳趾頭縫裡都是泥土。瑟瑪聽他講完，壓低聲音，不想讓小孩聽見，說：「我不是跟你講過了嗎？別去惹那個小女孩，雷洛伊，你這是在給自己惹麻煩，你要是再去惹那個小孩，準會給自己惹來大麻煩。」

「我只是想逗逗那個壞小孩嘛。以前我怎麼逗她都沒用，但這一次她聽得可專心了。」

「我說啊，你只是在自找麻煩。」

「沒事的啦，那個小蘿達很可愛，從來不會哭著去告狀，她很壞是真的，但她也很可愛。」他靜靜坐在那裡微笑點頭，消化晚餐。

這地方聞起來有種怪味，是種模糊的霉味，有點像是床鋪淋雨後陰乾的味道。瑟瑪進屋拿了罐啤酒，然後又出來對雷洛伊說：「也許蘿達不會告你狀，但別人路過也會聽見呀，今天潘馬克太太不就差點聽見了？這真的會惹麻煩的。要是今天她真的聽見你嚇小孩，跑去叫警察，那你不就要給抓去警察局痛扁了嗎？」

雷洛伊伸伸懶腰說：「妳當我是什麼人？我哪會那麼笨？」

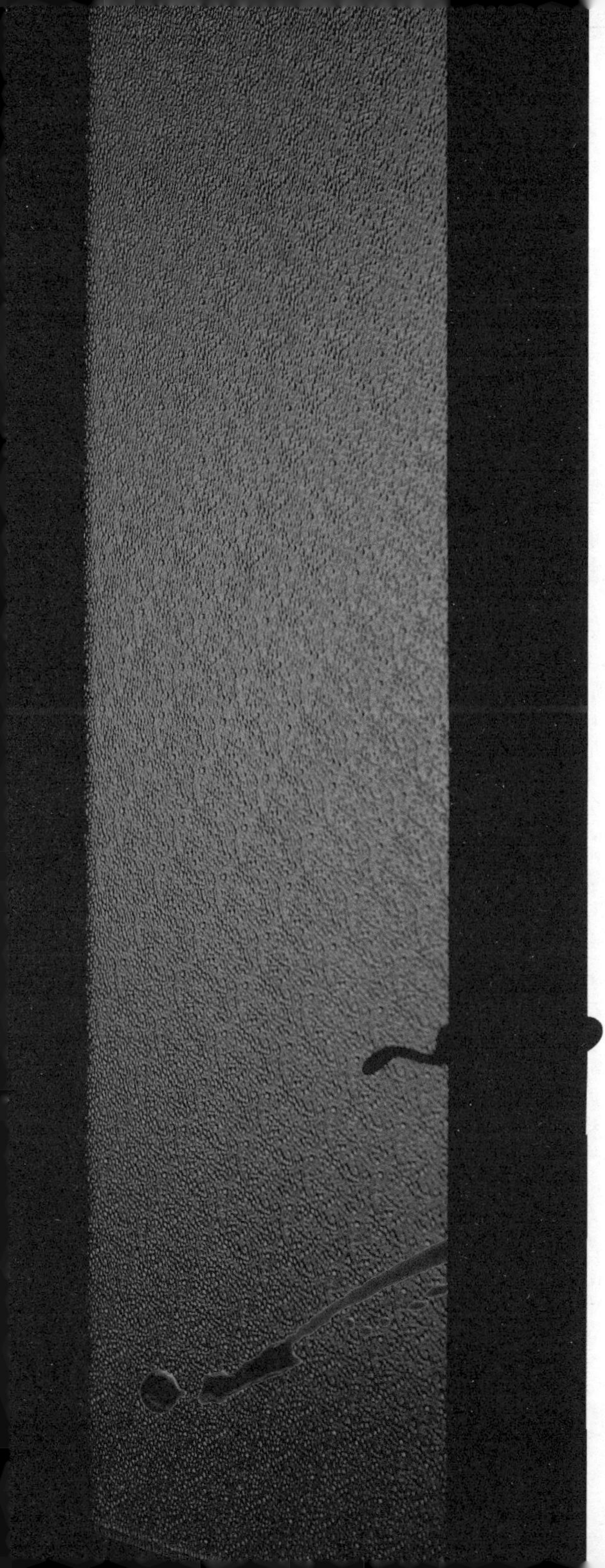

真相

他們有足夠的智力去了解最細微的對與錯，
但卻無法理解道德上的是與非。
他們是天生的罪犯，無法感化，無法改變。

7

去過碼頭以後，克莉絲汀覺得好過多了，奉恩小姐明確的說辭解除了她的疑慮。第二天起，她就跟平時一樣專心做起家事，準備三餐、縫製衣服、照料女兒、處理家務，下午跟莫妮卡一起參加了一場婚禮，還一起感動得掉了些眼淚。她去逛街，買了一個肯尼斯想要的老式硬毛床墊；她出席肯尼斯公司財務主管為來自紐奧良的姪女辦的舞會。她決心不去理會心中的恐懼，忘掉那些不確定，而且她辦到了，至少在忙的時候沒問題，和別人在一起的時候也不會去想。但是到了夜裡，蘿達睡了，整間屋子都靜了以後，她心中的聲音就會再度響起，她的疑慮也跑回來煩她。

有天早上起床的時候，她心想，如果再不好好控制自己，她就要變得跟戴葛爾太太一樣了。如果蘿達真的具有犯罪性格，那她就不該再逃避，她有義務要去研究那些從前她一直想迴避的事，無論那些與謀殺相關的事情讓人多麼難受，她都得鼓起勇氣去了解，才能運用智慧來解決問題。畢竟現在只有足夠的知識能讓她有能力去幫助女兒。

她想到雷吉納德．塔斯克，想到之前談過的話題，很想立刻打電話給他，請他給予建議，可是她不敢，她現在給心中的疑慮攪得腦子不太清楚，而且害怕他會發現自己的動機。她決定要辦個雞尾酒會，請他來參加，同時也請很多她此刻不感興趣的人一起來。她在酒會中會找機會和他獨處，故作不經意地問他問題，假裝只是最近讀到一些東西，心生疑問而已。如果他起疑，那她就再把謊扯大一點，說她丈夫不在家，大把時間閒著也是閒著，所以打算要寫小說，正在想題材好了。

她把酒會時間訂在六月最後一天，請鄰居弗西斯太太幫她照顧蘿達。蘿達說她想在酒會上待一下下，見見媽媽的客人，克莉絲汀答應了。所以當天客人全到了以後，弗西斯太太就帶蘿達過來。這天蘿達穿著媽媽幾天前才幫她新做的白色棉布連身裙，上頭繡著黃花；腳上穿著白鞋黃襪；辮子用小黃蝴蝶結向後紮成兩個圈。客人見到她都盛讚不已。她露出迷人的淺笑，照弗西斯太太最近剛教她的姿勢向大家行禮，聽人稱讚的時候表情嚴肅專注，眼睛睜得很大，裝出天真的樣子。她表現得莊重有禮又認真。弗西斯太太說她們該離開的時候，她點點頭，輕輕發出一種動物在滿足和撒嬌時會發出的聲音，然後假裝發自內心想親近媽媽的樣子，跑去擁抱克莉絲汀。她離開前又低頭故作謙遜地笑了一下，讓大家都看得見她臉上的酒窩，然後牽住弗西斯太太的手，尋求保護似的貼近她大腿，隨她離開。

女兒走了，客人也不需要招呼了，克莉絲汀走到雷吉納德身邊，說她上回在莫妮卡家聽到丹尼森護士的故事以後，對他研究的領域愈來愈感興趣，後來還讀了一篇龐德案的新聞。克莉絲汀碰碰他手臂，偏著頭說，要不是先聽過他介紹，她絕不會去看這麼可怕的文章，講這種故事來腐化已婚老女人的心靈，他不覺得可恥嗎？雷吉納德說他不但不覺可恥，反而感到驕傲，老了寫回憶錄的時候還要以此大作文章。

他講話的聲音尖銳清楚，身後陽台上的人都聽得見。有個年輕的讀書人就說：「偉大的小說家在乎的不是文采或表達形式，而是有話要說。就拿托爾斯泰來說吧，我最近重讀《安娜．卡列妮娜》，托爾斯泰下筆多大膽呀，一點也不怕用陳腔濫調，難怪作品能流傳下來。」

克莉絲汀說：「上回我們聊到犯罪的時候，講的是兒童犯案，你說……雖然我覺得很難相信，但你說兒童犯重案並不罕見，你說那些天生註定要惡名昭彰的人，幾乎都從小就開始作惡。你是說真的，還是看我無知就鬧著我玩？」

「嗯，我不覺得托爾斯泰用的是陳腔濫調，你說狄更斯的話，我同意，但托爾斯泰不會。」

雷吉納德說他之前說的是真的，而且他對那一類罪犯特別有興趣，也特別做了研究。長期以來他收集了許多相關報導，寫了許多筆記。這種罪犯與其他罪犯不同，女性的比例不亞於男性，而且只要不太笨，運氣也不太差，就會殺很多人，而且殺人的理由與眾不同。他們不會在盛怒或激動下殺人，因為他們根本沒那種感覺。嫉妒、失戀、復仇或任何與性相關的事也都不會成為他們殺人的原因。他們只會為兩件事情殺人：一是為利，為滿足物質上的占有欲；一是在安全受威脅的時候排除危險。

克莉絲汀說：「我很感興趣，能不能讓我看看你的資料？我會小心保管。」

莫妮卡手裡拿著一杯馬丁尼，從人群中走來，聽見他們的對話，面露誇張的驚訝表情說：「親愛的克莉絲汀，妳是怎麼了？為什麼突然轉性了？」

克莉絲汀不太自在地笑說：「我也不知道，應該沒有原因吧。」

莫妮卡搖搖頭，在他們兩人中間坐下。「一定有原因，克莉絲汀，我們做任何事情都有心理學上的原因，只是不見得找得到。當年我在卡透包姆醫生那裡做心理分析的時候，因為喜歡醫生，所以都會提早到，排在我前面的是個年輕的英國帥哥，常常和我在候診室相遇，有時候卡透包姆醫生忙著接電話，沒立刻叫我進去，我們就會聊聊天。那個年輕人……他的名字我忘掉了……有一次說他認為我很有魅力，和他心目中理想的對象只差一點點。他的個性有點怪，只愛一條腿的女人，可惜我太普通了，雙腿俱全。」

雷吉納德從齒縫間嘶了一聲，說：「這種偏見還真新鮮。」

莫妮卡又說：「所以我就跟他說：『我承認你確實很帥，老實說，我從沒見過哪個男人睫毛有你這麼好看，可是你要是以為我會為了討好你而鋸掉一條腿，那就大錯特錯了！你條件再好我也不會做出這種事。』」

雷吉納德和克莉絲汀同時笑了出來，莫妮卡自己也笑。「然後那個品味奇怪的年輕人就用那種英國人最會的沉著表情瞪著我說：『我敢保證我並沒指望妳那麼做。』」

「可是他要去哪裡找只有一條腿的女人呢？」克莉絲汀問。

莫妮卡說：「親愛的，親愛的，我們真有默契，當時我就是這麼問的，結果他非常驚訝地望著我說：『「找」？何必要找，倫敦一條腿的女人到處都是，躲都躲不了，何必要找？妳沒注意到嗎？滿街都是啊！』」

現場一片沉默。克莉絲汀說：「妳是要告訴我，心裡想什麼，眼睛就會特別注意嗎？」

莫妮卡說：「當然呀！」她說她一直認為克莉絲汀如此排斥悲慘故事和犯罪話題是一種症狀，換句話說，她認為這表示有一股正面想望隱藏在負面反應之下。也就是說，之前她在情感上無法正視她對仇恨與毀滅的興趣，但現在顯然是那種焦慮平息了，所以她就不須再壓抑了。整體說來，她很高興看見克莉絲汀突然表現出對犯罪案件的興趣，這種新態度較為健全，也顯示她比從前更為寬容，更成熟了。

她轉頭仔細打量克莉絲汀，克莉絲汀只好把她準備好的說辭拿出來講。這個說法後來她一用再用，在別人面前將她的行為合理化。她說她從很久以前就一直想要寫一部自傳體小說，只是始終尚未動筆。雷吉納德說的事情對她而言十分新奇，她想把這些真實案件的細節拿來放進小說裡。說到這裡她忽然驚覺：我為什麼要說是一本自傳體小說？好奇怪。

她停了一下，以為莫妮卡會接話，可是沒有。於是她就起身說要去招呼其他客人。這時雷吉納德開口了，他說克莉絲汀大可以拿他收集的資料去看，那些資料他做了些粗淺的分類，將來有天他自己寫書的時候，寫的也不會是小說，所以和她之間並無矛盾。他問克莉絲汀主要情節想好了沒有，她說還沒，目前只決定要寫一名女殺人犯的故事，這女子殺了許多人，書中不僅要描寫她暴行下的受害者，也會寫到倖存者所受的影響。她整本書的構想還沒有成形，才剛起步而已。

第二天早上，弗西斯太太說，她想帶蘿達去街角喝冰淇淋汽水。她是位六十幾歲的老太太，高高瘦瘦，削肩，屁股寬扁，年輕的時候是個大美女。莫妮卡說她當年是完美的吉普森女孩[1]。如今她的頭髮仍舊高高挽起，只是與全盛時期略有不同，現在這個髮型有點像是墊子中間壓了個紙鎮。蘿達和她一起出門的時候，看見雷洛伊站在路邊。雷洛伊一見到蘿達，就想到一個整她的新點子，聰明極了。他去地下室，拿起捕鼠器上的死老鼠，在頸上打個蝴蝶結，放進之前留下的聖誕禮物盒，包上彩紙，繫上緞帶，準備妥當，只等蘿達回來。

弗西斯太太和蘿達回來了。蘿達不理會他打的手勢，乖乖站在旁邊等老太太找鑰匙開門。雷洛伊只好走近一點，彷彿對這小女孩唱情歌似的低聲說：「我有一個很棒的禮物！沒錯，我有一個很棒的禮物！我有一個很棒的禮物要給妳！」

蘿達點點頭，他就走回地下室，站在門裡人家看不見的地方。蘿達很快跟了過去。

1 這是查爾斯．戴納．吉普森（Charles Dana Gibson，1867-1944）發表在早期雜誌上的人物插圖，後來變成美女的標準，影響了當時美國的年輕婦女。其特色是高個子，細腰，身材呈現S型，頭髮捲曲盤起於頭頂。

這裡沒有別人，但他還是小小聲講話。「我覺得我應該跟妳當好朋友，所以準備了一份禮物，要跟妳賠罪，之前我對妳說話太壞了。我一看到這個禮物，立刻就想到妳。當時我就說：『這個禮物讓我想到了蘿達．潘馬克。』」

「什麼禮物？雷洛伊，你要送我什麼禮物？」

「打開看吧，妳打開盒子自己看吧。」

蘿達打開盒子，抬起頭用奇怪的眼神瞪了雷洛伊一眼。雷洛伊大笑坐下，姿勢很誇張，可是笑聲卻很壓抑，好像他和這孩子正在共謀一件不可告人的事，怕人聽見似的。「妳知道這個禮物讓我想到什麼嗎？」他笑得快要喘不過氣來了。「它讓我想到躺在棺材裡面的克勞德。」他停頓一下，想看蘿達的反應。但蘿達沒有反應，他只好繼續說：「我本來想放些香香的花進去，可惜我沒空跑去克勞德墳上偷花。」

蘿達站了起來。雷洛伊伸手拉住她說：「既然我們又是好朋友了，那我問妳一件事，妳找到那根樹枝沒有？就是妳洗得很乾淨的那根。如果還沒找到，要趕快找喔。因為我要是哪天又生妳的氣，說不定會叫警察去找。」

那天下午，雷吉納德依約把他收集的資料送去潘馬克家。每一份案件資料上都夾著內容摘要，還有他的評論。克莉絲汀等他告辭，蘿達也去公園以後，才開始閱讀資料。第一份文件上的備註是：年紀輕、情況單純、犯案者不甚聰明、很快落網。

十六歲的雷蒙・瓦許只為區區幾塊錢就開槍射死朋友，他的朋友年紀比他還輕。年輕女孩碧優拉・哈尼卡特和諾瑪・金・布魯克殺死一名和她們是朋友的農夫，只為他口袋裡的兩塊錢。米爾頓・卓瑞為錢殺死了自己的母親，還放火燒掉屍體。

雷吉納德在備註上寫著，這些案件和其他案件相較之下比較簡單，也比較蠢，這些凶手很年輕就被抓到，可能都是初犯。貪婪是他們共同的動機，他們對於人類的道德毫無概念，也無法理解忠誠、感激與愛，全都十分冷酷、沒有同情心、非常自私。這些普遍的特徵，在早期手法青澀的案子裡看得最為清楚。

克莉絲汀嘆了口氣，點根香菸，放下檔案，走到窗邊，跪在椅子上向外望，外面那條平靜的街上綠樹蔥蔥，在七月的太陽下閃閃發光，她看了好久，才回到原本的位子上，繼續往下看。這一組犯案者有較多經驗，但還不夠多，他們運氣比剛剛那些人好一點，落網時間較晚，但技巧尚無充分機會磨練。

伊利諾州的提莉．克里米克（Tillie Klimek）為保險金毒死五任丈夫；密西西比州的豪斯頓．羅伯特（Houston Robert）為錢殺害兩任妻子和一個孫子，在企圖謀殺孫女時被發現，遭到逮捕；南非的黛西．德．梅爾克（Daisy de Melker）用毒藥謀財害命，最後為五百元保險金謀殺自己的兒子，被處以死刑。

克莉絲汀把這些檔案留在桌上，走到後窗旁，喊女兒回來吃中飯。蘿達慢慢走回家。雷洛伊見她經過地下室門口，就探頭出來說：「等警察找到那根樹枝，把它變藍，就會把妳抓去坐電椅。他們會慢慢烤妳。妳有沒有看過媽媽煎培根？培根會在鍋子裡慢慢捲起來，妳坐電椅也會那樣，慢慢變黃，慢慢捲起來。」

「電椅太大了。」蘿達說：「跟我不合。」

「想得美。」雷洛伊笑著說：「我告訴妳好了，他們有一張特別的電椅，是給妳這種壞壞的小女孩坐的，那張粉紅色的小電椅妳坐正好，小姐，那張電椅我見過好幾次，粉紅色的，真漂亮啊！不過，有小女孩坐在上面烤成豬肉乾的時候，就不那麼漂亮了。」

「那個什麼樹枝會變藍的事情是你編出來的，再撒這種謊你就上不了天堂，死掉以後會去很糟的地方，雷洛伊，你死掉以後會去一個很可怕的地方。」

「妳進屋吃飯去吧，妳媽媽叫妳不要跟我講話，也叫我不要跟妳講話，所以我以後都不要跟妳講話了。我只是要跟妳說，最好趕快把那根樹枝找出來。我還有很多事可以告訴妳，可是妳媽媽不准我跟妳說話，所以妳趕快回家，不要再來煩我了。」

她走了。雷洛伊躺在他的臨時床鋪上沾沾自喜，覺得自己真是太聰明，終於想出辦法搞定她了。現在那個壞小孩一定很緊張，下回他再跟她講話，她一定會嚇到跳起來，等著瞧吧。

蘿達回到家中吃完午飯，把該練的琴練好，然後故作輕鬆地問媽媽：「我聽說，東西如果沾上血跡，不管洗得多乾淨，警察只要在上面撒粉，就還是會發現，是真的嗎？它真的會變藍嗎？」

「誰說的？誰跟妳講這種事情？是雷洛伊講的？」

「不是啦，媽媽，不是他，妳都叫我不要跟他講話了。今天有人經過公園門口的時候在講這個，我正好聽見。」

克莉絲汀說她不懂血跡的事情，但雷吉納德叔叔是這方面的權威，如果蘿達很想知道，她可以打電話問問。蘿達忽然有了警覺，搖搖頭說：「不用。」克莉絲汀把碗盤收進廚房，一邊洗碗一邊想，不知道蘿達為什麼要問這個問題。她知道蘿達不會像其他小孩那樣，只因為喜歡聽自己講話的聲音，就毫無理由地問些傻問題。

後來，她看見蘿達進房間拿了個紙包裹出來，左顧右盼，確認沒人會看見，然後打開通往後廳的門，出去後把門靜靜關上。克莉絲汀把廚房通後廳的門打開一條小縫，又好奇又害怕地想看看女兒要幹嘛。她看見蘿達走向垃圾口，垃圾丟進那個口就會掉進焚化爐。克莉絲汀衝過去抓住女兒手臂，用身體擋住垃圾口，說：「這裡頭包的是什麼？蘿達！給我，快把東西給我！」

「裡面什麼東西都沒有，媽媽。」

「妳想把裡面的東西燒掉，不行，快給我！」

她把紙包從女兒手中搶了過來，指著家門要女兒回去，但蘿達突然瘋了似的掙脫開來，對母親又咬又踢，作困獸之鬥。她的牙齒深深咬進克莉絲汀手腕裡，克莉絲汀痛到鬆手，她搶過紙包正要丟進垃圾口的時候，媽媽抓住她，又奪了回來。

蘿達知道自己輸了，靜靜站在那裡，用冰冷的眼神滿懷恨意瞪著媽媽。克莉絲汀看見那種眼神，不禁伸手壓在心上，彷彿難以承受。接著，那孩子忽然發出很原始很像動物的聲音，好像完全失去了理智。這回克莉絲汀緊緊抓住她肩頭，用力搖她，她的劉海上下甩盪，細弱的頸子前後擺動。克莉絲汀推她回到客廳，打開紙包，裡面的東西正如她所料，是野餐會那天蘿達穿的鞋，那雙加了防滑釘的鞋，那天之後，她就沒再穿過。

克莉絲汀說：「難怪妳對血跡的事那麼有興趣。妳拿這鞋去打克勞德，是不是？」她想不到自己說話語氣竟能如此冷靜，面對如此可怕的事實，還能夠講得如此事不關己。「妳拿這鞋去打他，是不是？告訴我！跟我說實話！」

蘿達並未立刻回答。她謹慎地看了克莉絲汀一眼，心裡盤算著要怎麼樣才能讓媽媽站在她這邊，照她的意思做。

克莉絲汀說：「我都知道了，所以妳也沒有必要撒謊。妳用這鞋打他，他額頭和手上的半月形傷痕就是這麼來的。」

蘿達緩緩掙脫媽媽的掌握，眼中流露出些許迷惑。她倒進沙發裡，把頭埋進靠枕哭了起來，還從指縫間偷偷觀察媽媽的反應。可惜克莉絲汀不為所動，因為她不信女兒了。她心想：她現在還很外行，沒有純熟的技巧，可是技巧會一天天進步，再過幾年，她的演技就不會這麼假了，到時候我一定會相信她。

她忽然好生氣。「快說！妳給我說！」

既然媽媽沒上當，這孩子就起身悠然走到她面前站定。「我拿這鞋打他。」她講得好冷靜。「我拿這鞋打他，媽媽，不然我還能怎麼辦？」

克莉絲汀的怒氣繼續上升，絕望的焦慮無處發作，就伸手打了女兒一巴掌，把她打得踉蹌後退，一頭栽到有厚墊的大椅子上，雙腿僵硬地向後伸直。克莉絲汀雙手按住額頭，又害怕又想吐，坐下來強自鎮定。過了一會兒，怒氣消退了，但反胃的感覺和不真實的感覺始終停留不去。她疲倦地說：「妳知道自己殺了那個孩子嗎？」

「那是他的錯。」蘿達耐心地說：「那全是克勞德的錯，不是我的。要是我叫他給我獎章，他就給我，我就不會打他了。」她趴在椅子扶手上，哭了起來。「都是克勞德啦，都是他的錯。」

克莉絲汀閉上眼睛說：「告訴我到底發生了什麼事？這次我要聽實話。我知道妳殺了他，所以犯不著再說謊，從頭開始把事情一五一十告訴我。」

蘿達投入媽媽懷中，說：「我以後不敢了啦！媽媽，我不會再犯了！」

克莉絲汀擦掉孩子的眼淚，撫平她的劉海，輕聲說：「我在等，把經過告訴我，我必須知道。」

「他不肯聽我的話，把獎章給我，然後……然後他就跑走，跑到碼頭那邊去躲起來。我找到他以後，跟他說，如果他不給我獎章，我就要拿鞋打他。他搖頭說：『不要。』我就打他，他就乖乖把獎章拿下來給我了。」

「然後呢？」

「嗯，他想要逃走，所以我又拿鞋打他。他一直哭，很吵，我怕有人聽見，所以就又打他，媽媽，這次我打得比較用力，他就掉進水裡去了。」

克莉絲汀閉上眼睛，說：「噢，天啊！噢，天啊！」

蘿達哭得更厲害了，哭得嘴都扭曲變形了。「我沒搶獎章，是克勞德自己給我的，可是給我以後他又說要去跟奧克塔薇亞小姐說是我搶走的，到時候她會逼我還克勞德。所以我後來才會一直打他。」

克莉絲汀心想：現在我該怎麼說？該怎麼做？

那孩子突然擦乾眼淚，抱住媽媽撒嬌。「噢，我媽媽最漂亮！我媽媽最好了！我跟所有人都這麼說，我說，我媽媽最可愛……」

「蘿達，他手背上的瘀傷是怎麼來的？」

「他掉進水裡以後，還想爬上碼頭，我本來不想再打他，可是他一直說要去告我的狀，所以我只好一直打他的手，以免他爬上來。可是媽媽，不管我怎麼打他都不肯鬆手，所以我只好打幾下他的頭，再打幾下他的手。我打得太用力，才會讓鞋子染到血。最後他終於聽話放手，閉上眼睛。媽媽，這全是他的錯，他不應該說要去告狀的，對不對？」

想到雷洛伊說的那些事，蘿達又哭了起來，這一次是嚇哭了的，所以哭到快喘不過氣來。「他們真的會把我放到那張小椅上，然後電我？」她貼著媽媽說：「克勞德淹死真的不是我的錯，是他自己的錯。」

克莉絲汀像無頭蒼蠅似的，在客廳裡繞來繞去，雙手緊壓雙頰。孩子抱住媽媽的腰，顫抖地說：「妳不會讓他們把我放到那個椅子上，對不對？媽媽！媽媽！妳不會讓他們傷害我的，妳不會！」

克莉絲汀猛然站定，轉身對嚇個半死的女兒說：「誰也不能傷害妳，雖然我不知道該怎麼做，但是我保證絕不讓任何人傷害妳。」

蘿達鬆了口氣，擦乾眼淚，掛上平日的笑容，酒窩也甜甜地露了出來。她使盡渾身解數想取悅母親，用最天真無邪的聲音說：「如果我給妳好多好多親親，妳會給我什麼？」

「拜託！」克莉絲汀說：「拜託！」

「回答我呀，媽媽！如果我給妳好多好多親親，妳會……」

克莉絲汀厲聲說：「回房看書去。」又十分疲倦地說：「我要想想，我得好好想想該怎麼做才好。」

其實她說這話的當下就知道，現在壓力太大，她根本做不了任何決定。現在她無法進行一直線的理性思考，只能像滾輪似的帶著過多情緒快轉，她不想讓情緒綁住，但怎麼逃也逃不開。女兒剛剛承認的那些作為在她腦中轉了又轉，她卻無法理解。

她一直想澄清疑慮，了解事實，被自己的幻象嚇得要命。現在她知道事實了，即使因此陷入一團混亂，但至少她不用再疑神疑鬼，受一知半解的折磨了。她如此安慰自己。

過了一會兒，她走進女兒房間，說：「不如妳去公園玩吧？我想要獨處一下，好好想想怎樣做對我們大家最好。」

蘿達點頭微笑，走向門邊。克莉絲汀又說：「妳得答應我，絕不能把跟我說的那些話告訴別人，這非常重要，妳明白嗎？妳……」她看見女兒臉上寫著對她的容忍與輕蔑，忽然領悟到這些話有多麼多餘，就再也講不下去了。說這些只會顯出她有多笨拙、多沒經驗，蘿達怎麼可能會說溜嘴。她忍不住要問：「妳對巴爾的摩那位老太太做了什麼？反正我已經知道這麼多了，妳就告訴我吧，沒差別了。」蘿達知道自己穩操勝算，於是微笑說道：「我推了她，媽媽，我輕輕推了她一下。」

女兒出去以後，她走進浴室，卻不曉得自己為什麼要走進來。她站在鏡子前面，指著鏡中的自己，尖聲大笑，然後用頭抵著鏡子，雙臂軟垂在身側，心下明白她一輩子都得守住這個祕密，必須樂觀地懷抱希望。

此刻她最想做的事，就是找人商量，可是她知道她不能，尤其不能去跟肯尼斯講。她決定退而求其次，打電話給雷吉納德．塔斯克，用迂迴的說法，讓他想不到實情為何。她說她在寫小說大綱，決定要以一名兒童罪犯當主角，要寫一個前所未有、與她所讀到的案例都截然不同的凶手。

「她的母親也是罪犯？」

「不，那個母親只是普通人，有點傳統保守。」

「那還挺矛盾的。」雷吉納德說：「妳先想想要怎麼處理，再跟我說囉。」

他們閒聊了一會兒，掛上電話。克莉絲汀紛亂的思緒總算靜了一些，她走到窗邊坐下，手放膝上，逼自己去為女兒的未來打算。首先要考慮的，是女兒的精神問題，如果蘿達真的有病，無法為自己所做的事負責，那麼是不是該送去治療？除了希望她能痊癒，也能藉此避免她再傷害別人。這個念頭很快就打消了，蘿達當然沒瘋，認識她的人都知道她沒瘋。就算她真的瘋了，就算克莉絲汀和肯尼斯都同意接受治療對她最好，這種事情又要怎麼安排呢？肯尼斯的家人知道的話怎麼辦？她無助地搖頭，她真的不曉得要怎麼辦。

她猛然起身，在家裡走來走去，調整所有東西的擺放位置，想藉整理外在的世界來擺平心中的煩亂。她告訴自己，再也別看犯罪檔案了，現在看那些東西只會讓自己更焦慮、更沮喪。可惜愈這麼想，她愈想看，彷彿那些檔案能給她某種啟發，能讓她得知人生中某些她不知道的事。她有種感覺，好像有些東西她不該再逃避。

這回她讀的是著名女凶手的案件，她們殺了很多人，只關心自己能不能從死亡中獲利。亞徹．吉利岡（Archer-Gilligan）太太開了一家老人院，入住者要先把費用一次付清，而她會確保院內財務沒有赤字。印第安那州的貝兒．岡妮絲（Belle Gunness）用短柄小斧頭砍死愛慕者，然後將屍體充份利用，剁碎餵豬。住在愉悅谷的柏莎．希爾（Bertha Hill）小姐其實是冷血的凶手。英國女孩克莉絲汀．威爾森（Christine Wilson）熱愛使用秋水仙，使得當時的醫生以為英國出現了新的流行病。資料中還有漢恩太太、布瑞南太太、珍．托本（Jane Toppan）小姐，以及把兩個匈牙利村莊的男人通通殺光的蘇西．歐拉（Susi Olah）。

男性的殺人凶手中殺害多人的當然也很多，她只看了一個，名叫艾伯特．貴（Albert Guay），是魁北克的珠寶商，為了妻子的保險金，炸掉了一整架飛機，機上的二十三名罹難者使他輕鬆躍升為殺死許多條人命的凶手。但跟真正優秀的殺人藝術家艾爾佛瑞德．克萊恩（Alfred Cline）、詹姆斯．瓦特森（James Watson）或舉世無雙的貝西．典克比起來，他還差得遠呢。

潘馬克太太把檔案全放到一邊，站在窗前，面對公園，困惑地喃喃自語：「貝西．

典克，貝西・典克。我在哪裡聽過這個名字？」她撥弄著百葉窗，想了一會兒，幾個名字忽然接連脫口而出：「貝西・典克！奧格斯特・典克！艾瑪・典克！還有一位老太太，我們叫她愛達・葛斯塔夫森。」

她忽然陷入慌亂，喊窗外公園裡的蘿達回來，等她走到面前，就厲聲說道：「快把那雙鞋丟到焚化爐裡！」

女兒聽命行事，她還在身後痛苦地大喊：「快！蘿達，動作快！把鞋丟進焚化爐，趕快燒掉！」

她站在門邊，目送女兒拿著鞋走出去，打開垃圾口，把那雙沾了血的鞋子丟進下頭的焚化爐。

8

當天下午稍晚的時候，莫妮卡．布里德勒太太如平日一般，興高采烈、不請自來地闖入潘馬克家。她剛逛完街，一屁股在人家沙發上坐下，說：「我給妳和我各買了一份小禮物，我從以前就想要，一直沒找到，今天總算找著了。我知道妳一定也會想要，因為妳的廚房和我的廚房一模一樣。」

那是個可以固定在洗碗槽上方的肥皂盒。「不用鑽牆就可以固定，吸在磁磚上就好。」她示範了一下用法，又說：「裡面抹點篦麻油，然後用力往牆上一按就行了，跟釘的一樣牢。」

可惜克莉絲汀之前聽女兒招供時受驚過度，尚未回復，所以無論莫妮卡說些什麼，她都聽不進去，只能微笑點頭，維持禮貌。

莫妮卡用手給自己搧風，繼續說道：「現在的售貨員態度太高傲，太令我驚訝了。我買這皂盒的時候，他居然說：『我最好先教會妳怎麼安裝。』我說：『謝謝您，我認得字，而且使用說明就印在卡片上。』他聽我這麼一說，就露出男人專用、而且有別的男人在旁邊聽時更愛用的那種帶著優越感的笑容，說：『女士對機械方面的事情通常不在行，我太太連電燈泡都不會裝。』我就說：『男人能做的事我都能做，不但如此，我還能做很多男人做不到的事呢！』」

她開心地說了好多好多，把她對那店員說的話和店員對她說的話詳細轉述給克莉絲汀聽。可是克莉絲汀只以微笑附和，雙手夾在雙膝之間，顯得如此無力。莫妮卡聽起來好不真實，彷彿只是她自己腦中思緒的背景，因為她此刻腦中能想的只有蘿達的問題，她還不知道要怎麼辦。她應該去找警察，把女兒犯下的罪告訴他們嗎？那是最好的解決之道？這麼小的孩子當然不會被抓去受審，可是他們一定會把她帶走，送進某個機構。那種地方以前叫做少年感化院。她一邊想自己的事，一邊對莫妮卡點頭稱是。不知道現在是不是還叫這個名稱。

莫妮卡說：「我還是小女孩的時候，有個哥哥，後來死於猩紅熱。他以我父親的名字命名，叫麥克．雷尼爾．魏吉斯，非常聰明。我小時候膽子很小，不敢跟陌生人講話，會跑去躲起來。人家都對我父親說：『魏吉斯先生，你運氣真好，孩子裡頭如果非有一個笨的不可，那笨的最好是女孩。女孩子多笨都沒關係，反正總能找到人養她，不必怕。而且，說真的，女孩子有點笨說不定反而比較好。男孩就不同了，如果要在世上占有一席之地，非得夠聰明不可。』」

她停下來，望著克莉絲汀。克莉絲汀其實沒把她的話聽進腦子去，但還是笑著說：「是啊，沒錯，莫妮卡，正是如此，不是嗎？」說完又低下頭，心想，如果她招了，蘿達被帶走，送進某種機構，雖然不算服刑，但一定會鬧到眾人皆知，還會上報。說不定因為情況太過特殊，全國的報紙都會登。她皺起眉頭，在心裡看見那些標題寫著：「布拉佛的孫女犯下兩起謀殺」或「一童害二命」。一旦讓公權力介入，就免不了受大眾注意。莫妮卡、艾默里和奉恩家三姐妹，甚至於全鎮的人都會知道。他們會覺得她和肯尼斯很可憐，她受不了那樣。肯尼斯的工作會再度泡湯，他們會被迫離開，找別處避難，他們會四處飄泊，永遠不得安寧。他們會成為女兒貪欲下永遠的受害者？

莫妮卡遲疑片刻，又繼續說：「我媽一點骨氣也沒有，我想那個年代的女人全都是那樣，別人說什麼都說對，尤其那個別人如果是男的，她們更是不可能反對。她說：『是啊，男孩腦子好確實是資產。』然後客人就說：『女孩子家只要漂亮就沒問題，女孩子漂亮最重要。』我聽見那客人這樣說，就暗自下定決心，這輩子絕對不要漂亮，就算天生漂亮我也不要。不過我天生也就不漂亮啦！」

她咯咯笑了笑，看見克莉絲汀也笑了，反而擔心起來。克莉絲汀完全沒發現莫妮卡在觀察她的反應，因為她滿腦子都在擔心事情曝光的後果，擔心不只肯尼斯和她會遭殃，還會波及肯尼斯的母親和尚未出嫁的妹妹。她們非常傳統，非常保守，完全無法理解那些和她們想法不同的人，也完全不會寬恕別人。她們絕對無法接受潘馬克家有一名罪犯的事實，一定會把孩子的異常全都怪到她頭上。這雖然令人難受，但她能忍受，她只擔心丈夫的處境會比她更艱難。他也許不知道，或者不肯承認，但他和那個家依舊緊緊相連，他家的人打從開始就不喜歡她，也沒隱藏對這樁婚事的不滿。現在這起悲劇他倆雖得一同承擔，但他會不會從此對她有不同的評價？會不會覺得當初母親和妹妹的反對的確有理？她又嘆了口氣，無助地搖搖頭。

莫妮卡又說：「於是我就對自己說，我的聰明不能輸給男人，行為舉止也要像男人。我對自己說：『那些男人到底以為自己是誰？一副自己是造物主的樣子！我要讓他們知道厲害！』」

克莉絲汀心不在焉地點頭稱是。她考慮愈多，愈覺得讓女兒投案很不利。就算送她進感化院，又能如何？如果關於那些機構的傳聞屬實，那麼感化院只會讓孩子更墮落，當然，前提是如果她真的會墮落……克莉絲汀忽然發覺莫妮卡在等她回應，她連忙笑道：「是啊，是啊，莫妮卡，妳說得對。」

莫妮卡說著說著感到不太對勁，完整陳述她對不完美男人的激烈反應後，她抬起頭來仔細觀察身旁的朋友，發現克莉絲汀並沒專心聽她講話，她假裝生氣，笑著說：「妳今天是怎麼了？臉色蒼白，看起來很煩，妳在擔心什麼事呀？親愛的克莉絲汀，誰讓妳傷心了？誰對妳不好了？」

她轉過身子，雙腿呈現出不雅的姿勢，捏著嗓子用哄小孩的做作語氣講話，但聲音裡的關心是真的。「我跟妳老實說吧，親愛的克莉絲汀，我和艾默里最近很擔心妳，昨天吃晚飯的時候還在講妳，覺得妳最近都不像妳了，妳究竟有什麼煩惱，告訴我好不好？讓我幫妳？」

克莉絲汀想用笑容來化解對方的疑慮，但一開口發出來的聲音卻連自己也唬不了。「沒事啦，莫妮卡，我只是最近睡得不太好。可能是太熱了吧，妳知道的，我沒妳和艾默里那麼耐熱，所以身體有點不太舒服，如此而已，請別為我擔心。」

「奉恩小學野餐會那天以後，妳就變得怪怪的。」莫妮卡說：「我昨天晚上剛聽艾默里說的時候還不以為然，可是回想起來，好像真的是喔。」她停了一下，克莉絲汀沒回應，她就又笑著說：「噢，如果妳不想說的話，也沒關係啦。」她起身告辭。「慢慢來，不用急，親愛的，我想時候對了妳就會跟我說了。」

克莉絲汀說：「我沒什麼事好說呀，真的沒事。」

她強顏歡笑應酬了一會兒，不想讓布里德勒太太起疑，可是她臉上帶笑、嘴裡隨口問著問題，心裡卻拚命搖頭說：「妳錯了，我永遠都不會把蘿達的事告訴妳，我不會告訴任何人，我怎麼可能把這種事情說出去？」

那天晚上，潘馬克太太輾轉難眠，直到早上才朦朧睡去，但睡得很不安穩，做了惡夢。她夢見自己一個人處身於一座白色的城市中，那城裡沒人，卻又擠滿了人。頭頂上的天空感覺很可怕，地平線上有船形的雲，動也不動。她跑去偷看人們住的小房子，他們住在那裡，又不住那裡。她說：「我迷路了，這裡好冷，有沒有人能告訴我要怎麼離開？」城裡有好多人，可是她可以穿越那些人的身體，那些人也能穿越她。他們都不跟她講話，甚至不知道她存在。她說：「我是他們的一份子，可是他們不知道。」

她又累又沮喪，站在一棟房子前面哭。她知道那是她家。然後她開始跑，她終於明白自己什麼都不是，她跟那些人一樣，全都是沒有實體的鬼魂。她跑呀跑，最後跑上了城外一座小山，站在山頂上休息。然後她忽然嚇得發抖，因為她看見一棟看起來像鞋子的房子，上頭以蘿達工整的筆跡寫著「克莉絲汀．典克」，那房子瞬間化為塵土，灰色的塵土升起又落下，最後什麼也不剩。在即將醒來之前，她說：「她會毀掉我們，我也沒能逃得了，到了最後，她還是會把我們通通毀掉。」

醒來的時候她雙手還在顫抖，睡衣都讓汗浸濕了。她下床點了根菸，站在黑暗中抽。幾個街區外窮人家後院裡的公雞開始啼叫，天快亮了。她走到窗邊，看著天空漸漸轉成粉紅色、珍珠灰，忽然流下淚來。她手掌按在窗外的紅磚窗台上，手掌下的露珠就像水泡一樣給壓破了。她走進客廳，把閱讀燈打開，讓燈光驅走那不真實的昏暗黎明。

她關上女兒房間的門，免得打字聲吵醒她。她要寫信給丈夫。這封信會跟前一封一樣，寫得激動又仔細，也一樣不會寄去給他。她在信中承認自己焦慮又絕望。她堅持要知道真相，得知真相後卻又不知道蘿達的問題要怎麼解決。就她所知，目前唯一值得安慰的就是她不必再猜疑。可是現在她還寧可自己不知道真相，寧可自己違背常識，去相信女兒的清白。現在她和肯尼斯所面臨的問題（這問題她已經知道，但他還全然無知）是絕對無法圓滿解決的，他們要怎麼樣才能同時盡到對女兒和對社會的責任呢？

她寫著：親愛的，要是你在我身邊就好了。要是你能在身邊支持我，告訴我該怎麼做，該有多好。但你不在，而我必須在你回來以前盡我所能做到最好。我必須相信蘿達年紀還小，並不明白自己做了什麼，但這種事就連比她小的孩子都懂。你相信她已經從這件事中學到教訓，以後不會再犯了嗎？我正在努力讓自己相信。我下定了決心，要盡可能不再去想這件事，要抱著希望，希望這件事到最後會自然而然得到解決。

我好迷惘，親愛的，我該怎麼辦呢？快回來吧！我要你跟我在一起，我好需要你，回到我身邊！看在神的份上，快回來吧！其實我沒那麼勇敢，我的勇敢全是裝出來的！

這封信寫完以後，就和之前的信一起鎖進了抽屜。外頭天色已亮，太陽已經升起。她煮一杯咖啡，坐下來喝，心裡百轉千迴，臉上流露出沉思的神情。她真傻，怎麼會認為她能照著自己一個人的看法或價值觀，對孩子的事做出所有必要的決定呢？不，孩子是兩個人的，肯尼斯和她有同樣的權利和義務，等他工作告一段落，就會回來，平心靜氣和她一起討論這一切，他們會從彼此身上得到力量，一起決定該怎麼做。

但事實上，無論這孩子做了什麼事，畢竟是他們的親生骨肉，他們有責任要保護她，不讓殘酷的世界傷害她。她不知道肯尼斯得知蘿達所作所為以後會作何感受，但她想盡全力保護自己的小孩。當然，她並不是打算不顧他人福祉，她會看緊女兒，不讓她再傷人，但也許這根本就是庸人自擾，這種事根本就不會再發生，畢竟現在她已經知道蘿達做了什麼，蘿達也知道她知道了。她確定的是，無論女兒現在如何，以後怎樣，她都會保護她。保護孩子是她的責任，要是背叛自己的孩子，毀掉自己的孩子，那她還算哪門子的母親？那種事她連想都不敢想，她絕望地搖頭，把咖啡都灑到了碟子上，她忍不住哭了起來。「我還能怎樣？神啊，我除了保護她還能怎樣？」

她把杯子洗乾淨，放在瀝水板上，回客廳坐下，拿起那些可怕的犯罪檔案，繼續翻閱。她想叫自己別看，卻不由自主一直往下看。她將這種衝動合理化，告訴自己，她活在無知狀況下太久，如果早點面對現實，說不定早就比較了解蘿達了。但是，在內心深處，她知道這種解釋並不真切，她之所以不想讓自己閱讀這些檔案，是因為如果她再認真看下去，不但會解開女兒內心世界的謎，也會揭發某些她藏在心中不想看見的事情。她輕嘆一聲，開始在檔案裡翻找某些特定的資料，某個她還沒發現的案子。

她床頭的鬧鐘設在八點，準時響起，把女兒吵醒了。她走進廚房，開始準備早餐。從廚房窗戶可以看見雷洛伊正要來上工，他走到車庫門前，打了個哈欠，抓了抓臉，笑著抬頭朝蘿達的窗戶望。他站在窗下低聲喚道：「蘿達！小蘿達！妳起床了沒？」

克莉絲汀後退一步，以免他看見。雷洛伊四處張望一下，又輕聲說：「蘿達！蘿達！告訴我，妳要找的東西找到了沒有？」蘿達沒理他。他轉身得意地笑著說：「如果還沒找到，那要趕快找，別讓我先找著囉。」他用氣音說話，但說得很大聲，還舉起一根指頭抵住嘴唇，人靠在階梯上，眼睛盯住蘿達的窗，說：「滋——滋——妳知道這是什麼聲音吧？就算現在不知道，很快也會知道了。」他笑了笑，又發出那種聲音。「滋——滋——」他轉身向他的地下室走去。「我知道妳躲在窗簾後面聽，我知道我說的話妳全聽到了。」

女兒一走進餐廳，克莉絲汀就說：「我剛聽見雷洛伊跟妳在講話，他發出的那個聲音是什麼意思？」

「我沒跟他講話，只有他一個人在講。」蘿達面無表情地說：「妳只聽到雷洛伊一個人在講話。」

「他發出的那個怪聲音是什麼意思？」

「我不知道，雷洛伊那人很蠢，他講話我通常都不聽。」

她在餐桌旁坐下，展開餐巾，表情輕鬆，還有點睡眼惺忪，手摀著嘴，優雅地打了個哈欠，拿起湯匙。克莉絲汀望著她，心想，她完全不會後悔自責，她沒有那種能力。吃完早餐，蘿達去公園以後，克莉絲汀就繼續瀏覽檔案。那些罪犯的心理實在太怪，每每令她陷入沉思。不知道究竟是什麼力量使得這些不正常的人變成那樣的，是教養問題？環境問題？還是先天註定的，後天無法完全導正？

她心中裝滿了各種各樣的臆測，於是打電話給雷吉納德·塔斯克，問他的看法。雷吉納德說，關於他倆都有興趣的這類案件，這些年來他閱讀、蒐集、摘錄了許多，還在資料上做了註釋，依他看來，環境對這些人的影響並不大，頂多也只會改進他們的外在表現。要想了解這種類型的人，最簡單的方法就是把他想作五萬年前的人類，當時還沒有文明，也沒有道德規範。

換句話說，大部分的人在規則與範例的模鑄之下，都會發展出我們稱之為良心的奇怪東西，生出合理可為人所接受的道德性格，可是有些人就是沒這能力，無論多麼良好的教養對他們全都無效。他們就連愛人的能力都沒有，硬要說有的話，也只以最原始的肉慾方式呈現。他們有足夠的智力去了解最細微的對與錯，但卻無法理解道德上的是與非。他們是天生的罪犯，無法感化，無法改變。

潘馬克太太掛上電話，繼續閱讀檔案，終於，關鍵性的檔案出現了，雷吉納德在上頭的標註是：舉世無雙的貝西．典克。她皺起眉，猛搖頭，雙手幾乎捧不起這份資料，她不明白這個名字為什麼感覺上這麼熟。

這篇文章的作者是著名作家麥德森．克瓦特，他以一貫的戲謔口吻寫道：若要我選出一名最愛的女性凶手，我不會選淺金色頭髮的伊娃．庫（Eva Coo），她名字太軟，心太硬；不會選傻笑喝熱巧克力，為英國人所熱愛的麥德琳．史密斯（Madeleine Smith）小姐；不會選靠著打油詩名垂不朽的莉西．波頓（Lizzie Borden），據說她砍小貓頭來練砍斧頭；不會選萊達．紹塞（Lyda Southard），大眾始終沒給她應得的讚賞；也不會選聖人般的安娜．韓（Anna Hahn），她靈活運用砒霜、安眠藥和番木鼈鹼，甚至還用上了巴豆油！

不，上述那些謀殺藝術家雖然都天賦異秉，但我的最愛並不在其中。我心目中的第一名是無人能出其右的貝西．典克。貝西．典克天生有冰箱般的心腸，鋼鐵般的膽量，計算機似的不具人性的精確腦袋。我絲毫不想隱藏我對這位可愛女士的愛慕之意，貝西．典克絕對是我的第一名，我的夢中情人，我完全不怕人知道。

克莉絲汀作出厭惡的樣子，把檔案推到一旁，起身去做家事。當天下午，她想讓頭腦清醒點，就帶蘿達去看電影。她坐在黑漆漆的電影院裡，想專心看那個膚淺的故事，可惜辦不到。看完電影，母女倆走進點心鋪，吃冰淇淋和蛋糕。晚上蘿達上床睡覺後，她還是忍不住把典克的案子拿了出來，繼續閱讀那些恐怖的細節。

原來貝西．典克原本叫做貝西．蕭伯，一八八二年出生在愛荷華州的農家，是漢斯．蕭伯和玫米．蕭伯的女兒，母親的娘家姓葛斯塔夫森。她有一個弟弟，一個妹妹。弟弟意外中毒死亡，當時七歲的貝西不小心把砒霜當糖，灑在他的麵包和奶油上。妹妹在幫貝西提水的時候不知怎的落入井中，淹死了。多年後典克太太涉嫌犯下其他命案時，鄰居回憶往事，說那家人在精力旺盛又不屈不撓的貝西手裡頭幾乎死光了。某個星期天下午，貝西的外祖父葛斯塔夫森在後廊搖椅上小寐，中槍身亡，沒人知道怎麼回事，也不知道是誰殺的。當然，那時候誰也沒懷疑和他同在現場的貝西，當時貝西只有十一歲，文文靜靜的，有雙無辜的大眼睛。

克瓦特先生說他要為無法詳述偶像早年事蹟向大家致歉，如果讀者想要深刻了解貝西．蕭伯．典克較早時期的表現，他推薦大家去讀理查．布拉佛的系列文章，布拉佛報導過典克太太的審判，並詳盡研究過她的生平，堪稱專家。

克莉絲汀掌心冒汗，抖到她不得不把檔案放下，點支香菸。她不知道為什麼父親從未對她提過典克案，他常講起當記者時跑過的新聞，單單沒提過這一件。也許不是父親沒提過，而是她不感興趣，聽過就忘？果真如此，就難怪她會覺得典克、蕭伯和葛斯塔夫森這些姓氏聽來耳熟，感覺很久以前聽過，難怪她會在看這些事情的時候，覺得自己好像知道接下來會怎樣。她不知道，而且忽然也不想知道了。她覺得看這些冷血檔案是不智之舉，真的，看這個有什麼用？大錯特錯，她不要再看了。

可是，她明明不想再想，卻想起了好多事。她自言自語說：「好像有個男孩子，叫做索尼，他真正的名字是不是叫路德威格？還有另外一個男孩，比艾瑪大，叫做彼得。沒錯，我確定他叫彼德。還有一個女孩，是典克家最小的孩子，我一下子想不起她叫什麼名字，但我確定我知道。」

她走到鏡子前面，驚訝地瞪著自己，心想，我失去理智了嗎？我怎麼可能會認識這些人？她對自己說，這些東西不能再看了，真的，這次是真的，明天一早她就要把檔案還給雷吉納德。她拒絕正視心中呼之欲出的念頭，看看時鐘，午夜已過，她上床睡覺，卻睡不著。她對自己說：「貝西．典克關我什麼事？我不想再研究她的事，我有自己的問題要解決。」

9

每年七月十日，莫妮卡・布里德勒太太和弟弟艾默里・魏吉斯都會暫別城裡的公寓，到海鷗旅館去住到八月結束。離家以前，莫妮卡通常會在鄉村俱樂部舉辦盛大的自助餐會，來撫慰朋友們好一段時間無法見她的遺憾。今年的餐會訂在七月四日，因為當天俱樂部要放煙火，她想讓賓客順便同樂。她從六月中就開始籌畫，鉅細靡遺和克莉絲汀討論會場該提供哪些飲料，要請辦外燴的人準備哪些菜餚。

沒想到，七月四日早上她竟接到克莉絲汀來電，說她無法出席。她身體不太舒服是莫妮卡早就知道的，加上又有蘿達無人照顧的問題。克莉絲汀說她每次都麻煩弗西斯太太，弗西斯太太人很好，但實在不好意思再麻煩她。雖說她也可以付錢請保姆，但她不想請，也不願說明理由。

莫妮卡笑說，蘿達這麼乖巧成熟的孩子根本用不著保姆。她說：「別擔心潔西・弗西斯會嫌麻煩，她愛死蘿達了，妳把蘿達放在她那邊，她高興死了。前幾天她還跟我說，所有人裡頭她最愛跟蘿達講話。我真想回答：『可是不覺得對妳來說她程度太高了點嗎？』我當然沒真說出來啦。她自己的孫子孫女都受不了她，會當面開她玩笑，但蘿達當然不會，像蘿達這樣的小淑女對老人家總是很體貼的。」

「也許吧，莫妮卡，也許妳說得對。」

莫妮卡爽朗地說：「說真的，妳最近老是鬱鬱寡歡，忽視進行社交活動的義務，這樣是不對的。就連向來什麼事都察覺不到的艾默里都發現了。不管妳想不想來，都得放下壞心情，來參加派對。妳一定會是舞會上最漂亮的美女，妳走到哪裡都亮眼，所有已婚男子都喜歡妳，恨不得他們的醜太太都能長得像妳一樣。一切都交給我吧，親愛的克莉絲汀，妳只要把妳的美貌顧好就好。我會提早去俱樂部布置，派艾默里六點鐘左右去接妳。」

克莉絲汀在派對上一眼就看見雷吉納德，穿越人潮向他走去。兩人去陽台門邊坐下，他問克莉絲汀資料看得如何，她說她看到典克的案子，只看幾頁就看不下去了。她困惑地搖搖頭說：「你有沒有過這種經驗？明明是第一次到某個陌生的地方，和某人初次見面，或第一回聽見某段話，卻有種似曾相識的感覺？」

「有啊，常常發生。這種事還有個說法，但我一時想不起來。」

「嗯，說也奇怪，我對貝西．典克的案子居然就有這種感覺，真不懂為什麼。」

「也許這案子的相關報導妳從前看過，只是忘了。」

克莉絲汀想了一下才說：「我很驚訝，我父親的名字居然也在檔案裡出現，我並不知道他認得這些人。」

「也許這就是妳會覺得耳熟的原因啦，妳可能小時候聽他講過。」

「我想不是，應該是別種情形。」

雷吉納德熱切地說起布拉佛寫的審判報導，說那篇文章不像報導新聞，倒像是篇深刻的散文，稱得上經典之作。後來的記者都以此為典範，但無人能及。

「他有好多事情我都是後來才知道的。」

雷吉納德點頭表示同意，喝完杯子裡的雞尾酒，說：「妳沒把典克的案子看完，那看了多少？」克莉絲汀把進度告訴他，他說，那他可以幫她省點事，貝西早年的作為很精彩，他講給她聽就好了。

他再拿一杯雞尾酒，閉上眼睛專心思考，然後用輕快的聲音說，貝西的父親漢斯．蕭伯死於一場奇怪的打穀機意外，詳情不明，幾年以後，有人說貝西當時在父親身旁一同工作，但此種說法未經證實。蕭伯太太雖然失去丈夫，卻是個有錢的寡婦，蕭伯先生留下許多遺產給她。二十歲左右的貝西青春正茂，才華也已漸漸展現，她想去城市一展長才，目標鎖定內布拉斯加的阿馬哈市。

但她沒有立刻離開，在農場多待了一陣子，照顧媽媽。她的母親自從丈夫過世後就一直有消化系統的毛病。貝西等到母親依照計畫過世，農場轉到她名下，保險金也到手以後，才賣掉家產遠走他方。她在阿馬哈結了婚，丈夫名叫維拉德米爾．庫羅斯基，家產股實，在新婚妻子堅持之下買了鉅額保險，結婚不到一年就讓變成寡婦的妻子發了大財。新寡的庫羅斯基太太變賣一切，搬到堪薩斯城，不久就嫁給一名叫做奧格斯特・典克的年輕農夫，他出身於一個富裕家族中不怎麼富裕的分支。典克太太搬進新丈夫的農場以後，就進入了她職業生涯的全盛時期，做了一番震驚當代的大事業。

雷吉納德為克莉絲汀和自己各點一支菸，然後說起理查・布拉佛了不起的研究，布拉佛認為奧古斯特・典克是典型的受害者，天生容易相信別人，而且看起來就一臉單純相，每個連續殺人犯在職業生涯中都一再遇上這種角色，才會一再得逞。他曾見過奧古斯特・典克的照片，大約是在與那了不得的妻子結婚前後拍的，他有一頭金髮，臉型五官長得很精緻，有點像女人。相片中他以坦率天真的眼神看著這世界，相當英俊，但略嫌柔弱。他會拉小提琴，但據說拉得不太好……

克莉絲汀摀住眼睛拚命搖頭，低聲說：「不，不，不是小提琴，我確定不是。是某種用吹的樂器……我想應該是短號。」

有一小群人走上陽台，站在他們旁邊聊天。雷吉納德等他們走遠一些，聽不見他們講話以後，才繼續講述典克太太的偉大成就。她嫁給奧古斯特．典克時，就已胸懷大志，要將他全家滅光，一切按部就班，花了很長的時間。

克莉絲汀插嘴問道：「怎麼會那麼久都沒人看穿？那麼多起意外，都沒人起疑嗎？」

雷吉納德認為，貝西．典克能撐那麼久沒被查到並不奇怪。首先，好人鮮少疑心別人，沒法想像別人會做出他們做不出的事，有事的時候他們通常傾向息事寧人。一般人常以為像連續殺人犯這樣的怪物，外在一定跟內在一樣醜，這種想法和事實相去甚遠。他稍停片刻又說，這些怪物的外在表現往往比他們的兄弟姐妹更正常，他們裝出來的美德比真正的美德更像真的，就像蠟做的玫瑰和塑膠桃子，明明是仿製品，但是看起來比真品完美。

他優雅地伸個懶腰，又說，貝西．典克是她那個時代真正有天份的演員，不但勤上教堂，還常四處拜訪丈夫的家人，為教會義賣烤糕點從不嫌累，參與慈善活動非常熱心。

他說得開心，克莉絲汀卻愈聽愈焦躁。「愛達．葛斯塔夫森是誰？在典克太太事件裡扮演什麼角色？」

雷吉納德把菸灰彈在草上，笑說：「噢，那個啊！」愛達是典克太太娘家的窮親戚，是個後來才來的怪怪老處女，那時候典克家的人已經解決得差不多了，在貝西的審判記錄上稱之為「老愛達．葛斯塔夫森」。年近七十的她身體還很硬朗，可是無處可去，所以投奔遠房親戚典克太太，幫忙煮飯打掃、照顧貝西的四個小孩，也和奧古斯特那幫男人一起下田。她很精明，觀察力很敏銳，也許對貝西來說太敏銳了一點，反而礙事。她看著農場發生的一切，噘著老嘴挑眉冷笑，沒說什麼，可是貝西知道她老盯著她，拿她的一舉一動來驗證對她的揣測。愛達．葛斯塔夫森之死很難證明是典克太太所為，相較之下，其他典克家人的死因好查多了。

克莉絲汀靜靜聽他說了這麼多，心裡想的是：我還依稀記得那個叫愛達的遠房親戚，我們全家都不喜歡她，她有隻叫斑斑的狗，會咬艾瑪、索尼和我，後來牠和我們成了朋友，但我還記得，牠始終對彼得很壞。

她忽然傾身向前，放下杯子，緊扣十指，發覺自己再也無法否認，再也無法逃避了。她微微轉身，定定望向圍著草坪的籬笆，用小到幾乎聽不見的聲音說：「典克家最小的孩子叫什麼名字？」

雷吉納德愉快地說：「她叫克莉絲汀，和妳同名，也和妳一樣漂亮。她遺傳到父親的金髮和精緻的輪廓五官，妳父親見過她，而且很喜歡她，他寫那孩子困境的文章是一篇佳作，時至今日都還有人轉載。」

克莉絲汀突然起身，靠著椅背說她覺得不太舒服，最好馬上回家。雷吉納德說要開車送她，但她堅持要叫計程車，說這樣比較簡單。她找到莫妮卡，告訴她自己身體不適必須告退。莫妮卡激動地說：「妳最近到底是怎麼了？跟平常很不一樣。妳看看妳，垮著一張臉，而且臉色好蒼白。」

克莉絲汀一時之間無法回答，顫抖著轉過身背對她。莫妮卡抓住她的胳臂，關心地說：「如果妳非回家不可，就回去吧，可是不用叫車，伊蒂絲．馬爾克森剛到……妳還記得她對吧？她的司機還在門口。」

她走出大門，叫住司機，下達指令，然後對克莉絲汀說：「到家以後，一定要趕快躺下來，這邊忙完我就去看妳。」

克莉絲汀點點頭，轉身離開。她對自己說：「我既然已經知道我是誰，就不能再騙自己了。」途中，她臉靠著椅背，盡全力忍住快要奪眶而出的眼淚，但一進家門，看見身邊都是熟悉的事物，心情就漸漸平靜。

過了一會兒，她去弗西斯太太家敲門，要帶女兒回家。

弗西斯太太說：「噢，真糟糕，我和蘿達籌畫了一場屬於我們自己的自助餐會，正在布置餐桌呢。我們要邊聽收音機邊吃晚餐，能不能讓她在這裡多待一會兒？我保證會好好照顧她。」

她高高捲起的頭髮上別了好多髮夾和一支小琥珀梳，可是現在已經有點鬆掉，斜向左邊，她嘆口氣攏攏頭髮，紫羅蘭色的大眼睛張得大大的，流露出乞求的神情。

她真心誠意地說：「要是蘿達現在回家，就太可惜了，我們都會好失望。」

克莉絲汀說，蘿達可以留下。她回到自家客廳，在一股比焦慮和厭惡更強烈的動力下，打開典克案的資料，跳過母親令人害怕的一生，直接翻到故事的結尾。

根據麥德森．克瓦特的說法，典克家族親屬關係的複雜程度可比三大冊的維多利亞小說，得在書前附上人物表才理得清。可是小貝西．蕭伯嫁進來以後，雖然要花很多時間搞清楚大家的關係，卻完全沒有怨言。她以最討人喜歡的態度將新家人的個性與角色作了詳盡的分析，將人與人之間的感情親疏、血緣遠近都調查得清清楚楚，尤其是每個人和大家長卡爾．典克的關係。卡爾爺爺是掌控經濟大權的人。她對這些關係的關注程度，就像棋士在下冠軍賽那局棋，而且比棋士下棋更精，她用盡心機運籌帷幄，以冷血謀殺的方式，讓典克家的錢全都流到她丈夫這邊來。

她很認真，不但運用毒藥、斧頭、來福槍和獵槍，還假造了幾起上吊和投水的自殺事件，這些命案若要一一道來恐怕得講很久，總之，貝西花了十年的時間，走了二十三步，才終於達到目標，策略之明智、細節之精準，使她成為聰明的謀殺迷心目中最崇拜的偶像。如果讀者對這位了不得的女人有興趣，想了解典克家人變化多端的死法，可以參閱強納森．曼迪《美國重要罪犯》系列叢書中貝西．典克的部分。

天色漸漸暗了。克莉絲汀起身開燈，看見西邊窗外天空有溫柔的霞光，鳥兒成群高飛，晚風習習，槲樹沙沙作響。她靜靜在窗前站了一會兒，然後焦慮地在家裡走來走去，開燈，又把燈關掉。

她翻開檔案，要把結局看完。貝西．典克受審時，典克家還活在世上的就只剩一個小女兒克莉絲汀。這女孩逃過了母親的魔掌，但下場眾說紛紜，沒人知道她確切的下落，據說是讓好人家收養了。人們都很好奇，不知道她現在過得如何？人在哪裡？結婚了沒？有沒有生小孩？童年受的驚嚇忘不忘得掉？她究竟知不知道、了不了解母親的惡行？我們只知道那苦命的孩子逃離了母親的魔掌，但可能永遠都不會知道她後來變成怎樣的人，她的新身分受到嚴密保護。

克莉絲汀好困惑，她丟下檔案，趴到床上把臉埋進枕頭裡，哭著說：「我在這裡，你們想知道嗎？我就在這裡。」過了一會兒又說：「你們以為我逃離魔掌了？並沒有。」

克莉絲汀又失眠了，躺在床上瞪著白色的天花板，黑暗中隱約可見製作精美的水果和花，那是吊燈中央的裝飾。窗外微風輕輕吹動樹枝，發出窸窸窣窣的聲音，近處有樟腦葉揉碎的味道，稍遠處還有股令人噁心的甜味，是坎寇家草地上夜裡開的茉莉。太安靜了，她受不了這種安靜，也受不了心中重複上演的思緒。她下床，走到後陽台，抬頭望。莫妮卡的書房亮著燈，她在絕望中拿起電話，撥了莫妮卡的號碼。

莫妮卡說：「真高興妳打來了，親愛的克莉絲汀，我跟艾默里到家的時候我就想打給妳，可是都過了十一點，我想妳一定睡了。妳知道的，客人總是這樣，喝多了就不肯回家。」

她好像突然想起弟弟在睡，壓低聲音說：「真遺憾妳沒能待到最後。妳要好好照顧自己，我們可不能讓妳生病，親愛的克莉絲汀，我們會受不了的。」她稍停片刻，看了看錶，說：「不如上樓來坐坐？才一點半，我一點也不睏，我們可以煮壺咖啡……我這就把水煮上……然後像兩個農家寡婦似的坐在廚房聊天。」

莫妮卡站在門口迎接客人，作勢要她別出聲。她穿著花布睡衣，臉上胡亂抹了些冷霜，滿頭小孩子用的捲髮夾子，壓低聲音笑著說：「這種小扁夾子明明不適合我，可我就是喜歡，親愛的，想笑我就儘管笑吧。人家覺得可笑我是無所謂的。」

克莉絲汀盡其所能點頭微笑，心想：我應該隨它去，不該查探過往，發現自己的祕密。我的養父母很明智，不告訴我這些，不讓我受那些我無法改變的過去影響，他們是對的。但我沒法讓一切照舊，硬要去翻找，這下子想不知道也來不及了。

咖啡煮好了，她們坐在刺眼的廚房燈下，莫妮卡詳細描述自助餐會中的每件小事，不時為自己混亂的思緒和笨拙的語句道歉，然後話題忽然一轉，她摸摸克莉絲汀的臉頰，說：「妳有心事吧？要不要告訴我？妳可以完全信賴我，妳知道的。」

克莉絲汀搖頭嘆息，無助地低下頭說：「沒辦法，我沒辦法告訴妳，莫妮卡，就連妳也不行。」她起身打開冰箱，拿出一盒鮮奶油，倒進莫妮卡的白鑞奶精壺裡，心想，我怎麼能怪蘿達？她會變成這樣，都是因為我傳了壞種給她，如果有人有罪，也該是我，不是蘿達。她忽然湧出好多罪惡感，覺得自己很不應該，錯怪了孩子。她對自己說：「我才是罪人，是我把壞種傳了下來。」

莫妮卡等不到她想要的答案，就說，克莉絲汀不肯把遇到的麻煩告訴她，她只好用猜的。「告訴我，是不是妳跟肯尼斯要離婚了？」她覺得自己的奇想很有趣，笑著說：「是不是他在智利遇上了年輕的西班牙女孩，就想甩掉妳？」

「不是那種事啦，莫妮卡，要是我對所有的事都能像對肯尼斯那麼確定就好了。」

莫妮卡喝口咖啡，見克莉絲汀不肯吐實，就又說：「那還有什麼？我能想到的就只有……健康問題了。妳是不是擔心自己得了什麼病？比如說……癌症？如果妳是在疑心這個，那我們一定要勇敢面對，做所有能做的事，雖說現在我們能做的不多，但只要能做的，我們就要去做。」

「就我所知，我非常健康。」

莫妮卡放下杯子。「好，我不逼妳了，克莉絲汀，我只想說我真的很愛妳，親愛的，我把妳當成自己的孩子一樣。艾默里也是。雖然妳已經知道了，但我還是要再告訴妳一次。」

克莉絲汀點點頭，把額頭靠到桌子上。莫妮卡站在她身邊，手放在她肩上，用她少有的認真語氣溫柔地說：「妳知道的，妳可以信賴我，妳可以信賴我。」克莉絲汀起身抱住這位老太太，毫不克制地哭了起來。莫妮卡很同情地輕聲說：「親愛的，親愛的克莉絲汀，哭出來就會好一點了，也許妳能想辦法睡一下。」她以平常的語氣說：「一兩個星期以前我心情也不太好，艾文醫生留了瓶安眠藥給我，我沒用，給妳用好了。妳不睡是不行的。」

她把藥交給克莉絲汀，可是克莉絲汀一回到家，就把藥扔進抽屜，鎖了起來。一起鎖在裡頭的還有手槍，以及那些寫給丈夫、但一直沒寄出去的信。

10

過了好久好久，她才睡著，一睡著就開始做惡夢。有個女人，手裡拿著斧頭，從路那頭走來，走進農舍，搜了一遍，沒搜到她要的東西，又走向穀倉。她把斧頭藏在身後，甜甜喚著：「克莉絲汀！妳在哪裡？別怕，妳想媽媽會傷害妳嗎？」

克莉絲汀躲在堆得高高的草堆裡，沒有作聲。抬頭一看，穀倉有好多窗戶，每一扇窗都像畫框似的框著受害者的臉，那些人全都是她媽媽殺的。只有一扇窗還空著，沒有臉。她聽見媽媽說：「克莉絲汀！克莉絲汀！乖乖到妳的位子上去，和其他人一起吧！」那些窗上的臉齊聲唱道：「妳永遠找不到克莉絲汀！她隱藏了身分。」

那女人沒有臉，她說：「不管她在哪裡，我都找得到，我是舉世無雙的貝西．典克，我的大計畫順利得很。」

這時，她忽然看見了母親那張文靜保守的臉，她嚇得直發抖，貼緊地面。窗上的人面面相覷，關心地說：「舉世無雙的貝西．典克這回要找克莉絲汀了。克莉絲汀，來跟大家一起吧。有沒有人看見克莉絲汀呀？克莉絲汀就是逃走的那個。」

克莉絲汀在床上翻來覆去，努力掙扎回到現實，兩隻汗濕的手緊緊握在一起，醒了過來，然後顫抖著躺了一會兒，連牙齒都抖個不停。她努力想要再度入睡，努力了好久才終於睡著。再醒來時，天已亮了，外頭在下雨，還刮大風。公園裡的樹都濕透了，在風裡顯得好孤單，風來，就彎腰，風過，又直起身子。水溝滿到泛濫，流進院子裡，聲音好吵，好像人在講話，好像只要你仔細聽，就能聽懂它說什麼。

她關上窗，把吹進家裡的雨水拖乾淨，然後去廚房為女兒準備早餐。她看見雷洛伊裹著一件舊舊的塑膠雨衣，從地下室運灰出來，濕鞋踩在地上發出咯吱咯吱的聲音。她忘了自己原本要做什麼，呆呆站在窗邊，聽雷洛伊把灰堆在巷子裡，等收垃圾的人九點來收，然後回到院子裡，蹲下來清理樹葉塞住的排水口。雖然克莉絲汀聽不見他自言自語的聲音，但從他生氣的樣子就看得出嘴裡說的是些什麼話。

蘿達吃完早餐，把餐巾摺好，收進餐具櫃抽屜裡，問媽媽她能不能去弗西斯太太家。弗西斯太太答應教她用鉤針織東西，今天下雨，反正也不能出去玩，不如去上第一課。潘馬克太太皺起眉頭，不知道該不該讓她去。既然已經發現蘿達有可怕的遺傳，知道她以後會怎樣，也許從此就不該再讓蘿達單獨與別人相處，也許應該永遠不讓她離開視線，或把她會犯罪的事告訴別人。但這都太難了，她很清楚。於是一切只能回到原點，等丈夫回來後再作決定。她無助地低下頭說：「如果我讓妳去，妳得保證絕不對弗西斯太太怎樣，明白嗎？」

「不明白，媽媽，我不明白妳在說什麼。」

「別鬧了，蘿達！我們別再裝了，妳了解我，我也了解妳，以後我們都把話挑明說好嗎？妳很清楚我在說什麼。」

蘿達噗嗤笑了，點點頭，用一種就事論事的語氣說：「我知道妳在說什麼，我不會對她怎樣啦。」她合攏雙手，調皮地轉轉眼珠。「潔西阿姨沒有我想要的東西。」

孩子出門了，上午該做的家事也做完一半，她正在擦玫瑰木邊桌的時候忽然停下手，皺眉轉身，跑去臥房。她不知道自己要到臥房幹嘛。她困惑地站在床邊，放下手裡的羚羊皮，舉起手來，在半空中無意義地揮動。

女兒的行為原本毫無道理，但她發現自己真正的身分之後，一切彷彿都明白了。蘿達做出那些事情，責任並不在她，克莉絲汀才是該負責任的人，是克莉絲汀把貝西·典克的壞種傳給了蘿達。那些邪惡的遺傳休眠了一代，又再度崛起。她既已知道，又怎能再怪女兒？怎能要女兒負責？她愈想愈覺得自己罪孽深重，一直對自己說：「我真可恥，我真可恥。」

她滿心絕望，坐了下來，為了讓自己解脫，開始思考這整件事有沒有可能和她想的不同。也許蘿達的行為和外婆並沒有必然的關係，也許她的罪惡感根本沒有必要，也許貝西·典克的可怕性格並沒有透過她傳給女兒，她根本無需自責。可是這種事有誰懂呢？也許雷吉納德知道。她掙扎良久，不知道該不該打給他，她想裝得若無其事，隨便問問，又怕被他看穿，聯想到她打定主意不讓人家知道的祕密。

也許他不會想到。克莉絲汀所面臨的問題他只知道一部分，並非全部，握著所有拼圖的人只有她一個。這些事件就像蘿達愛玩的拼圖，巴爾的摩老太太之死、小戴葛爾之死、蘿達外婆的身分，你得把每一片都拿在手上，才能拼出全貌。

她不安地走來走去，沒法作出決定。最後是雷吉納德解決了她的問題，中午他打電話來問克莉絲汀好點了沒。「典克的案子看完了沒有？我們聊得正起勁妳就走了。」

「看完了。」

「那個貝西．典克真不簡單對吧？」

「對，沒錯，她真不簡單。」

他口若懸河說個不停，她好不容易才找到空隙插嘴，顯得有點突兀，但也沒辦法了。雷吉納德說他沒想過這個問題，但是不無可能。這些人會做出這種事，並不是因為他們天生多了某些特質，而是天生少了點什麼。色盲、禿頭和血友病患者都少了一些東西，而且沒人否認這些會遺傳。低能也是缺乏某些東西，而且肯定也會代代相傳。

克莉絲汀問他是否確定，卻沒得到答案。她有點沮喪地問：「那精神醫師的看法呢？」

聽她問得如此簡單，雷吉納德笑了。他說，要想回答這個問題，就得先問幾個問題，比如說，她要問的是哪個精神醫師的看法？又是哪一年的看法？他最近剛看到一個老案子的證詞，其中有六位精神醫師支持檢方，另外六位支持辯方，而他們全都是十分傑出的醫師。

掛上電話以後，克莉絲汀在家裡來回踱步，覺得自己快崩潰了。她看清了自己的人生，卻無法面對，無法接受，因為那太可怕了。她坐在窗邊，看樹在風雨中彎腰，害怕地細聲說：「噢，天啊，不要！不要！」她的罪惡感大到她無法承受，只能焦慮地在屋子裡走來走去，絞著汗濕的雙手，像在乞求某種遙遠的力量能賜她平靜，幫助她否認她再也無法否認的事實。

她又給丈夫寫了一封激動的信。在信中她說，雖然她從沒打算騙他，但嫁給他的時候，她沒能讓丈夫了解她真正的身分。理查．布拉佛和典克案關係密切，大概因此見到了僥倖存活的克莉絲汀，好心收養了她，視如己出。也許他們是想拯救我，他們是大好人，想救我脫離悲慘的過去，他們差一點就成功了，可惜還差一點。

她寫道：我知道自己的身世以後，一直在想，你媽媽反對我們結婚是對的，她懷疑我是對的，只是搞錯了原因。她一定是憑著直覺發現我有些地方不對勁，覺得我會給你惹禍，讓你絕望，親愛的，想不到這些都已成真，我現在才懂，我好害怕，但我終於懂了。

你的母親憑直覺知道要反對你娶我，我憑直覺知道不該在你離家在外時告訴你蘿達的事。現在我甚至不知道要不要瞞你一輩子。你知道我覺得這有多可恥，對不對？太丟臉了。我非得把事情想清楚不可，至少要盡力想清楚一點，而且我必須一輩子勇敢地和蘿達一同生活，那種勇氣我現在還沒有，但我必須盡力。

我不再認為蘿達是我們共同的問題了，她是我的問題，我必須獨力解決，該負責的人只有我一個。把壞種傳給她的是我，不是你。等你回來以後，我會找合適的時間，以合適的說法把真相告訴你，然後承受後果。我想你應該拋棄我和蘿達，你還年輕，一定要再結一次婚，生下配得上你的小孩，健康又正常，不像我和我女兒這樣。

夏日暴雨在她寫完信之前就過去了，熱情的七月陽光再度閃耀。陽光照射在滴水的樟樹上，葉子亮得讓人睜不開眼。她壓低百葉窗，聽最後的雨水流過水管，在水溝中發出嘆息似的聲音。今天是星期六，她看見艾默里把車停在濕濕亮亮的樹下，往公寓走來，他姐姐莫妮卡跟在後面。他們看見克莉絲汀在窗邊，就如平常一般揮手和她打招呼。走出她視線以後，莫妮卡沉重地說：「克莉絲汀最近不知道怎麼了，我很關心她。平常她很注重儀容，可是這一個月來好像頭髮和指甲都沒整理，變得憔悴又邋遢。吃也沒吃好，我看得出來，她說她吃飯很正常，但我確定那不是真的。」

「別這樣。」艾默里和氣地說：「別這樣，莫妮卡，別再管克莉絲汀的服裝儀容，管管自己就好了啦。」

那天下午，克莉絲汀把向雷吉納德借的資料送去還他。她本來打算在傭人出來應門的時候將東西放下就走，沒打算進門，可是雷吉納德看見她，迎了出來，堅持要她進去喝杯雞尾酒。她說她比較想喝茶，傭人就去泡茶了。雷吉納德問她，小說進行得怎麼樣了？角色都設定好了嗎？情節擬好了沒？

克莉絲汀說，這本書寫的會是一個重複外婆殺人模式的小孩。

雷吉納德說：「難怪。早上我還納悶，不知道妳為什麼會想知道遺傳或環境哪個重要呢。」

「是啊。」她說：「是啊。」

「那麼，小孩的母親呢？她沒有同樣的問題嗎？」

「沒有，我想應該沒有。我想把那個母親寫成一個遲鈍的正常人，到處都看得到的那種，脆弱又無助，有點笨拙無聊的女人。」

「有對比很好。」他喝一口雞尾酒，又說：「告訴我，這個笨拙的母親知道女兒殺人嗎，或者只是懷疑而已？我是說，她有證據嗎？」

「有，她很確定。」

「這個傳統的母親知道她自己的母親是殺人凶手嗎？」

「本來不知道，但後來知道了，也因此解開了她對女兒所作所為的不解。」

雷吉納德點點頭，停頓片刻後說：「聽起來不錯，可是妳要記住，劇情的張力要維持住。」克莉絲汀起身告辭的時候，他又補上一句：「莫妮卡派對上的三姑六婆都對妳中途離席的原因很感興趣。如果妳想知道她們怎麼猜，我可以告訴妳，她們都猜妳懷孕了。」

克莉絲汀聽了這說法瘋狂大笑，停都停不下來。雷吉納德覺得她不太對勁，遞上一杯雞尾酒說：「把這個喝下去吧，克莉絲汀，妳到底還是需要喝一杯。」

克莉絲汀到家時，蘿達已經練琴練了一小時，接著就一直坐在燈下背主日學的功課，直到夜幕低垂。她背到滾瓜爛熟，一字不漏，然後要媽媽考她。克莉絲汀一邊幫她複習，一邊想，蘿達喜歡舊約的殘酷，那裡頭有某種可怕又原始的東西，和蘿達很像。

蘿達拿出她新得的蝴蝶卡給媽媽看，說：「我明天也一定能得滿分，然後就有四張卡了，再得八張，就能再得一份獎品，這回希望別又是書。」

第二天，克莉絲汀病了，頭暈目眩，送孩子去上主日學回來以後，就暈得喪失了現實感，感覺好像再也爬不起來。但莫妮卡來作例行的週日晨間拜訪時，她聽見莫妮卡在門外和弗西斯太太聊天，還是立刻摒除恐懼，從床上爬起來開門。莫妮卡雖然為朋友擔心，但愉悅的心情依然不改，在下樓梯的時候就想好了要聊哪一則趣聞，進門才一坐下，就開始講某個女人俗不可耐的衣著，說朋友們都拿她當笑話。

她說：「我辦自助餐會的時候可憐的康蘇薇拉也來了，我真想讓妳見見她，可惜她來得晚，她到的時候妳已經走了。」

克莉絲汀打起精神點頭微笑。莫妮卡又說：「大家都很同情康蘇薇拉，她太沒品味了。瑪莎．大衛今天早上打電話來跟我講那天餐會上的事，我還跟她說：『噢，不，噢，真的，康蘇薇拉怪不得別人，相信我，康蘇薇拉會穿那些衣服是她自己的問題。她不是無知，也不是沒錢買好衣服，更不會像妳說的那樣亂聽店員建議。噢，不，絕對不是，親愛的，那就是她的特色。」

克莉絲汀絕望地左顧右盼，忽然很受不了這朋友永不休止甚至有侵略性的愉快情緒，她坐立難安，低頭看自己的手。

莫妮卡說：「我說：『要是康蘇薇拉能聽店員的話，狀況就不會糟到這種地步。首先，現在沒有一家店會賣那種東西，就連碼頭邊便宜的小店都不會，就連郵購都不會賣鈕扣靴、彩色面紗和五片裙。要找到那種東西，她得有狂熱才行，噢，康薇蘇拉衣櫃裡那些怪東西都是靠著跟潛水員找完美珍珠一樣的狂熱找來的呢。』」

克莉絲汀猛然站起來，一陣頭暈，軟倒在沙發上。莫妮卡坐在她身旁，非常關心。

「克莉絲汀，妳不要跟我爭，我要打電話叫我的醫生來看妳，如果妳病了……顯然妳病了，就不能不管它。」

說著她就撥了電話，醫生說他馬上來，也確實很快就到了。莫妮卡在門廳迎他，低聲說了一堆客套話，醫生不想聽也得聽。看過潘馬克太太之後，他說她身體上沒有問題，不用太擔心，可是要多吃一點，不想吃也得強迫自己吃，還開了些安眠藥給她。醫生離開後，克莉絲汀勉強起床，決心不再去想那些煩人的事。接下來幾天，她盡全力維持規律作息，用瑣事填滿所有時間，讓自己沒空去盤算那些問題。

對女兒，她生出了一股反常的溫柔，目光時時刻刻都跟著她轉，給她撫慰，為她辯解，照顧她無微不至，態度甚至有點卑躬屈膝，好像要為壞遺傳求她原諒似的。她們被過去綁在一起，被共同的罪綁在一起，無法用思想或言語改變。她們被貝西．典克綁在一起了。這是事實，無法忽視，也無法逃脫。

有時候，當她們兩個人在家的時候，克莉絲汀會摟住蘿達，那動作像是想要贖罪，想要用愛來改變那孩子，把她變成她想要的樣子，變成一個單純、有愛人能力的孩子。她明明知道不可能，但還是忍不住要幻想，希望女兒也能愛她。她這種變態的愛意愈來愈強烈，有時候會出奇不意抱住蘿達，熱情地親吻她的額頭和臉頰。蘿達在這種情況下每每驚訝得說不出話來，只能默默忍受，然後撫平劉海，拉平衣服，轉身走開。她盡其所能躲開媽媽，練琴、準備主日學的功課、上編織課，或者無所事事坐在石榴樹下思考。

她老是躲開母親，有一回克莉絲汀終於絕望地問：「妳一點也不愛我嗎？妳愛過誰嗎？哪怕只有一點點。妳完全是冷酷無情的嗎？」

蘿達一點也不明白媽媽想要她怎樣。她往外走到門邊，做出大人都喜歡的姿勢和表情，偏著頭露出迷人的微笑，對媽媽說：「妳好傻！我覺得妳好傻！」

離開的日子一天天近了，但莫妮卡不確定自己該不該這時候離開。親愛的克莉絲汀心情很壞，放她一個人在這裡恐怕不太應該。她想到一個解決之道，就是帶她們母女兩個一起去住旅館。她相信憑她的影響力多訂個房間不會有問題，即使現在訂房有點晚，也訂得到。可是克莉絲汀拒絕同行，請她的朋友別為她擔心，她不會有事，假如真的出了什麼事，一定立刻打電話給莫妮卡。

莫妮卡氣得快噴火，說：「噢，好吧，如果妳堅持要這麼頑固，就隨便妳。」但她也不是真的生氣。「可是妳有事一定要打給我，這點我堅持，妳知道我住在哪裡，那並不遠。」

出發那天，克莉絲汀陪她把一切準備停當，莫妮卡把車停在車道上，和克莉絲汀回來檢查瓦斯有沒有關、水龍頭有沒有轉緊、窗戶有沒有鎖上。她站在後陽台喊雷洛伊，要他幫忙搬行李下樓，放進後車箱。雷洛伊搬行李下樓的時候，蘿達走在他後頭，到了院子裡，雷洛伊就朝她眨眼，用別人聽不見的聲音對她說：「妳最好請布里德勒太太在海邊幫妳找找那根染血的樹枝，我跟妳說過好多遍，叫妳要把樹枝找到，妳就是不聽。」

「沒有什麼樹枝，不用找。」

雷洛伊偏頭大笑，像動物求偶似的發出「滋——滋——滋！滋——滋——滋！」的聲音。「妳知道這聲音什麼意思，對吧？蘿達．潘馬克小姐。」

「我只知道你是個傻子。」

「那是把壞小孩放在藍色小椅子上烤的聲音。」

「你之前說椅子是粉紅色的。」

「小孩用的電椅有兩把，妳要是不那麼聒噪，肯乖乖聽別人講話，就不會這麼無知了。藍椅子是給壞男孩坐的，粉紅椅是給壞女孩坐的。」他雙手叉腰，搖來搖去。「妳很沒知識耶，我以前還說妳聰明，以後不會了，我現在覺得妳很笨。」

莫妮卡的車開走以後，克莉絲汀轉身回家。雷洛伊無聲冷笑，用食指按著鼻子說：「滋——滋——滋！滋——滋——滋！妳跟我一樣清楚這聲音什麼意思，沒錯，妳知道。就算妳現在不知道，也很快就會知道了。」

克莉絲汀頭也沒回，喊女兒和她一起回家。雷洛伊站在原處望著她們的背影，心想，那個克莉絲汀最近看起來不太妙，變瘦了，好憔悴，臉色蒼白，還有黑眼圈，比一個月前老了十歲，不知道怎麼回事，活像是得了大戰時期那種「戰爭疲勞症」。不，她得的應該不是「戰爭疲勞症」，而是「床鋪疲勞症」！

他覺得自己好聰明，洋洋得意，左顧右盼，坐在屋後階梯上偷笑。沒錯！她肯定是給人搞上了！半夜裡大家都睡著以後，肯定有人從陽台爬上去，和她搞七捻三。克莉絲汀會穿著睡衣等他，或者什麼都不穿。不知道那人是誰？不可能是艾默里．魏吉斯，他太老，爬不上陽台；也不會是寫犯罪文章的那個雷吉納德．塔斯克，那傢伙要是被女人勾引，包準會跳窗。他想了很久，總是只有個模糊的輪廓，像他自己。

「總之，她得的不是戰爭疲勞症，是床鋪疲勞症。」

他點頭大笑，非常佩服自己，不但機智，還有過人的洞察力。

11

艾曼達・崔立斯圖書館是座磚塊和石頭建成的龐然大物，幾乎占了一整個街區，讓這個鎮引以為傲。這塊地舊時曾是黃熱病的墳場，現今墳墓已經推平，骸骨移往他處，圖書館後方建了花園。當年為墳墓擋開好奇眼光的牆，現今仍站在花園邊，灌木叢間有小徑穿過，涼亭下有樹幹做的長凳或桌子，棚架上爬著茉莉和珊瑚藤。

有些墓碑仍留在原處，上面刻著日期，以及昔日崇尚的美德，能令讀者感到人生無常，陷入悲傷的情緒之中，和哲學讀物有同樣的功能。

這一陣子，每天上午郵差來過以後，無論有沒有收到丈夫的信，克莉絲汀都會去圖書館挖掘貝西・典克的資料。她發現寫她母親的書真不少，貝西・典克做壞事得到的名聲比同時期努力行善的人還多得多。她帶了一本空白筆記本，不但大量閱讀，也勤做筆記，以取信於館員。她騙館員說她讀這些書是要為寫小說找資料。

通常她上圖書館的時候會把蘿達托給弗西斯太太。偶爾帶她一起去，蘿達就會坐在媽媽附近（而非身邊），看自己從書架上挑的書，或練習她最近迷上的編織。克莉絲汀之前因罪惡感而對女兒生出一片柔情，至今已經消退，現在她只覺得女兒難懂，令人心寒，而且討厭。她倆獨處時很少講話，對蘿達來說，這是她和媽媽的關係最令人滿意的一段時間。

克莉絲汀不出門的時候，就靠在窗前。蘿達會去對門弗西斯太太家，或是去公園玩。她規定女兒只准坐在石榴樹下，好讓她能盯住她。蘿達知道克莉絲汀如此規定的理由，認為這樣還算公平合理……至少比之前那種很愛她或盲目信任她的態度合理得多，所以雖然覺得媽媽很傻，還是接受了這條規定。

偶爾蘿達在弗西斯家吃中飯，克莉絲汀就會在圖書館涼亭的木桌上吃自備的午餐。有一天，有位衣著寒酸的圖書館員也到花園來吃飯，她臉上有塊難看的紅斑，但一點也不打算遮起來。她在克莉絲汀對面坐下，說：「我想我沒跟妳自我介紹過，我叫娜塔莉・葛拉斯。不知道妳的書進行得怎樣了？這是妳的第一本書，對吧？開始寫了嗎？還是尚在研究階段？」

「我的想法一直反復，也許最後會寫不出來，現在一切都還很難說。」

葛拉斯小姐打開她的保溫杯，咬一口三明治，含渾不清地說：「內容講的是什麼？」

克莉絲汀把拿來騙雷吉納德的說法又講了一遍，葛拉斯小姐一邊聽，一邊點頭，一邊吃三明治，用手接著三明治掉下來的渣渣，聳聳魁梧的肩膀說：「噢，那小孩的爸爸呢？他知道太太的家世背景嗎？他也懷疑小孩有問題嗎？」她舔舔手指。「如果妳需要其他資料，儘管跟我說，我可以幫妳找。」

「做父親的起初並不知道太太的背景，別忘了，就連她自己也是後來才發現的，那時候他們已經結婚很久了。他知道孩子怪怪的，可是並沒往這上頭想。」

葛拉斯小姐靜靜消化一下剛聽的故事，把咖啡喝完。「結局妳打算怎麼寫？」

「我不知道。我還看不出這事要怎麼了局。」

「我想結局好不起來，這種設定下，沒法出現圓滿大結局。」

「不可能圓滿，對，我也發現了。」

葛拉斯小姐將咖啡杯舉到嘴邊，遲遲不喝，瞇起眼睛，身體前傾，好像圖書館裡有人喊她似的。「這本書只能有一種結局，就是讓做媽的在孩子長大前把她殺掉，免得她去害人。」

「噢，不行！」克莉絲汀立刻說：「不可以！」

她反應這麼強烈，葛拉斯小姐很驚訝。「我不知道那個媽媽還能怎麼辦，我看她麻煩大了。」

「噢，不行！她不可能做出這種事情，她不可能會去傷害自己的孩子。這不符合她的個性，她是個隨波逐流的弱女子，沒力量做這種決定。」

「可是妳也考慮過這種結局吧？」

「是的。」克莉絲汀說：「我想來想去，再三考慮過，但這是不可能的。」

「好吧，我想妳說得對。再想一想，殺掉那孩子比較不像故事的結尾，倒像開端……除非妳想寫的是像《飄》那樣的大部頭小說。如果妳的女主角殺掉她的孩子，就得帶著罪惡感過活，不但要面對她先生，還要面對所有複雜的問題，要作千百種調整，開始全新的生活。當然，前提還得是警察沒抓到她，把她吊死。」

克莉絲汀說：「我不知道，我不知道。可是我得趕快決定，得趕快行動。」

葛拉斯小姐把垃圾收好，把空空的保溫瓶塞進臂彎裡，說：「妳的點子很有趣，我回家會好好想想。」

克莉絲汀成天除了看書、做家事、監管孩子，就是寫長信給丈夫。莫妮卡隔陣子就會打電話來看她好不好。有一天晚上，她很興奮地打來說，旅館裡有人取消訂房，雖然愛管閒事是她的壞習慣，艾默里常常唸她，可是她實在太想念克莉絲汀，所以就自作主張幫她們訂了房，希望克莉絲汀別介意，能看在她和艾默里的份上，來旅館住十天。她不等克莉絲汀回答，又說：「一切全都安排好了，明天艾默里工廠的事辦完以後會去接妳們，大約六點鐘。親愛的克莉絲汀，和他一起來吧！如果妳懶得打包行李，只管說，我一早開車過去幫妳打包。」

克莉絲汀說，打包的事她自己來就行了。第二天下午，她和蘿達準備停當，前往旅館。

旅館的日子她過得很愜意，早上和蘿達躺臥海灘或徜徉林間，晚上跟艾默里玩凱納斯特紙牌，或跟莫妮卡與她的朋友玩橋牌。蘿達的行為十分良好，旅館客人都喜歡她。她微笑，她屈膝行禮，她聽大人的話，她露出淺淺的酒窩……八月一日，克莉絲汀帶著女兒回到家中，感覺壓力盡除，她重新燃起希望，對未來有了信心。

第二天下午，她們回歸平日熟悉的作息，蘿達到公園去，坐在石榴樹下編織。

雷洛伊走到她身旁，說：「我知道妳為什麼要求妳媽帶妳去海邊，妳想去找那根樹枝。告訴我，我不會跟人家說，樹枝找到沒有？」

蘿達頭也不抬，遠望甚至看不出她在講話。「她站在窗邊看我，你要跟我講話的話就躲到麻葉繡球旁邊，免得她看見。」

雷洛伊照她說的躲到旁邊，偷笑發出「滋——滋——滋——」的聲音，為自己的聰明得意得不得了。然後，他忽然想通了一件事，摸摸臉頰，說：「妳那雙重得要命的鞋子哪兒去了？我說的是那雙走起來噠噠噠的鞋。那天妳穿去參加野餐會，之後就再也沒見妳穿。」

「別傻了，我從來沒有那種鞋。」

「明明就有！走路的時候會噠噠噠呀，我還記得那聲音，我討厭那聲音，野餐會那天我還對自己說：『我不喜歡這個噠噠噠的聲音，乾脆把那雙鞋弄濕好了。』所以才會把水管轉過去。」

「那雙鞋穿起來腳痛，我就送人了。」

雷洛伊說：「妳知道嗎？妳打那男生用的不是樹枝，而是鞋，妳拿鞋打他。根本沒有什麼樹枝，難怪妳不緊張，這回我說對了吧？」

「我只能說你很傻。」

「妳打他用的不是樹枝，是鞋，妳根本不用找樹枝，因為妳有那雙鞋，用有防滑釘的鞋子打他就好了！」

「不准再跟我講話，你這個傻瓜。」

「我不傻，妳才傻。妳以為我說妳拿樹枝打他是認真的嗎？我只是想釣妳的話，想釣妳說出：『不，雷洛伊，我沒拿樹枝打他，我用的是鞋跟上裝了防滑釘的鞋。』我說樹枝是故意的，我一直都知道妳打他的時候用的是什麼。」

蘿達坐著一動也不動，嘴巴微張，手上的活兒既沒停也沒出錯。她說：「你老是說謊，死了以後會被送去很糟糕的地方。」

雷洛伊蹲下來，假裝在辛勤工作，檢查麻葉繡球的葉子。「妳想知道那雙鞋怎樣了嗎？我告訴妳。妳跟妳媽去住旅館玩樂的時候，我找到一把鑰匙，能開妳家的門。妳知道我怎麼樣了嗎？我開門進去找那雙鞋，把它拿走了。對，就是這樣！我把鞋藏在一個安全的地方，除了我以外誰都找不到。從今以後，妳最好對我好一點，我叫妳做什麼，妳就做什麼。如果妳再擺出那種高高在上的樣子，我就要把鞋拿給警察，告訴他們要在鞋上找什麼。我會說：『克勞德．戴葛爾小朋友的血就在鞋子上，快找一找。』」

蘿達輕蔑地說：「你老是說謊，鞋子根本不在你那邊，我早就把鞋丟進焚化爐燒掉了。你還真敢講。」

雷洛伊停了半晌，說：「妳只是『以為』鞋子燒掉了，其實只燒到一點點，並沒全燒光。」

蘿達臉上突然出現奇怪的神色，她放下手中的針線活兒，以可怕的眼神定定望住雷洛伊。「是嗎？」她說：「是嗎？」

雷洛伊說：「先聽我說完，再告訴我誰比較傻，妳，還是我。」他得意地笑了。「我在地下室休息，忽然聽見管子裡有東西掉下來，就對自己說：『那是什麼東西？聽起來像是雙裝了防滑釘的鞋。』所以我立刻打開焚化爐的門，看見鞋子就在煤炭上面，只有一點點冒煙。噢，是有一點點燒到啦，我得承認確實是燒到了一點點，可是要送去灑粉找血跡的話，沒有問題，燒剩的部分足夠送妳上電椅。」

他仰頭大笑，愚蠢地用眼角瞄那孩子。

蘿達若有所思，起身走到蓮花池畔，一腳踏在池邊，冷靜地說：「把那雙鞋還給我！」她認為雷洛伊這一次說的是真話。

「噢，休想！蘿達．潘馬克小姐，我把鞋藏在除了我之外沒人找得到的地方，所以妳從今以後要對我好一點。」

他沒想到情況會演變成這樣，走到後院去坐在階梯上，左右搖晃身體，高興得不得了。蘿達跟了過來，耐著性子說：「你最好把鞋還我，那是我的，還給我。」

雷洛伊說：「我不會把鞋還給任何人，懂了嗎？」他捧著臉，開心得快喘不過氣來，但這孩子冰冷專注的眼神讓他漸漸笑不出來了。他不安地低頭看看自己的鞋，說：「我要留著這雙鞋，直到……」他講到一半突然打住，不想再跟她玩這遊戲，起身慌張地走開。

「把鞋還我。把鞋還我。」

他走到哪兒，蘿達就跟到哪兒，不斷重複同一句話。他終於受不了了，回過頭說：「聽著，蘿達，關於那雙鞋子的事，我只是在鬧妳。我有正事要做，妳去做妳自己的事，不要來煩我好嗎？」

他愈走愈快，但蘿達拉住他袖子，說：「你最好把鞋還給我。」

他火大了，轉身說道：「不要這麼大聲，大家都會聽見妳講什麼。」

她說：「鞋還我。你把我的鞋藏起來了，最好趕快找出來還我。」

「聽著，蘿達，我沒有拿那雙鞋，只是在鬧妳，妳看不出來人家是在鬧妳嗎？」

他朝公園走去，那孩子跟在後面，一直輕聲說：「鞋還我，把鞋還我。」他拿起之前靠在蓮花池邊的掃把，哀怨地說：「不要再煩我了好不好？妳這是幹什麼呢？」可是蘿達不肯放過他，一直扯著他袖子，重複老話。雷洛伊只好說：「一開始我說妳殺了那男生，只是在鬧妳。現在我真的相信是妳做的了，我真的相信是妳拿鞋打死了那小孩。」他想要走開，可是蘿達還是跟著，雷洛伊跺腳大叫：「進屋子裡去練妳的琴！我沒拿妳的鞋啦！妳是聽不懂嗎？」

他走到房子正前方，好甩掉蘿達，他知道蘿達不會跟過來。他獨自一人站在樟樹下，不敢置信地對自己說：「我真的相信她殺掉了那個小男孩！」然後突然又說：「我不要跟她有牽扯，她要是再跟我說話，我就不要回答好了。」原本他還覺得這事晚上可以講給瑟瑪聽，很有意思，現在他改變主意了，這件事不能告訴任何人。

那孩子令他害怕。

第二天來上工的時候，他下定決心要躲開蘿達。早上她沒來公園，讓他鬆了一口氣，可是抬頭一看，蘿達就站在窗邊，而且每次抬頭她都在。那一整個早上他都感覺得到她的眼光緊緊跟隨。有一次雷洛伊抬頭，兩人的目光交會，他察覺到那孩子的眼神中有種明擺在那裡的憤怒，一種精明冷酷的憤怒，他急忙轉頭望向別處。十二點，他坐在蓮花池邊的長椅上吃午餐；十二點半，他和往常一樣回地下室午睡。

不久，賣冰淇淋的小販來了，附近的小孩聽見鈴聲就跑到街上買冰，公園和後院一時之間都空了。蘿達也跟媽媽要錢，說她想買冰棒。要到錢以後，先往外跑，又跑回來，好像下定了某種決心，跑進廚房。克莉絲汀看見她從爐子上的火柴盒裡拿了三根火柴，握在手裡想了一想，又把其中一根放了回去。蘿達緩緩步下後梯，買了一根冰棒，坐在離地下室不遠的地方享用，故作斯文狀，小口小口吃，滿意地聽著雷洛伊的鼾聲從地下室傳上來。

克莉絲汀走到廚房窗邊，想知道女兒拿火柴幹什麼。蘿達沒讓媽媽等太久，左看右看確定沒人之後，就擺出溫和天真的表情，走向地下室。她在門邊停步，拿一根火柴在水泥牆上劃一下，用手護住火燄，踮腳走進地下室，走出了母親的視線。她進入地下室後，迅速彎腰點燃雷洛伊用廢紙和鉋花做成的臨時床鋪，然後立刻離開，順手把門關上，把門栓拴好，然後回到原先坐的地方，繼續吃她的冰棒。那根燒過的火柴還拿在手上。

整件事蘿達做得如此悠閒自在有效率，目的如此明確，克莉絲汀雖然隱約知道發生了什麼事，卻實在無法接受這事在她眼前上演。她站在窗簾旁邊，無法動彈，尖叫出聲。她聽見雷洛伊微弱的叫聲在地下室那扇門的另一邊和她相互呼應，煙從門兩旁有欄杆的窗戶冒出來。他用身體撞門，但門拴住了，沒法一下子撞開。他把臉湊到窗邊，看見蘿達正在享用她的冰棒，就絕望地哄她：「開門，蘿達！我沒生妳氣！」

那孩子露出迷人的笑容，緩緩搖了搖頭。

他明白了。在他臨死前的最後一刻，他終於明白自己發生什麼事了。他發出一聲長長的哀鳴。「我沒拿妳的鞋！只是在跟妳開玩笑！我根本不知道鞋子的事！」

蘿達低下頭，很珍惜、很節省地，一小口一小口吃她的冰，然後饒有興味地抬起頭，和氣地說：「你知道。你知道鞋在哪裡。」

雷洛伊一次又一次用全身的力量去撞門，終於撞開門栓，衝進後院。他的衣服已經燒成破布，掛在焦黑的身體上，還在繼續燃燒。他的鞋帶著火了，頭髮也著火了。他高聲尖叫著說：「我沒想要告發妳！我根本不知道妳做了什麼事！」

蘿達伸出粉紅色的舌頭，把最後一口冰棒舔乾淨，然後抬起頭，合上雙掌，發出可愛的、銀鈴般的童稚笑聲，說：「你真傻。」

她從階梯上起身，把衣服拉平，把冰棒棍和蠟紙丟進樓梯下的垃圾桶，微笑點頭，讚許地看著雷洛伊燃燒著往蓮花池方向奔去。他衝到柵門前面，在手握住門把的那一剎那頹然倒下，鬆開手，死了。

克莉絲汀轉身離開窗邊，對自己說：「我不能暈倒，這是緊急狀況，我必須冷靜。」

她走回臥房，想躺一下，可是走不到床邊就眼前一黑暈倒在地，失去了知覺。醒來時她發覺自己不知怎的竟能扶著欄杆下樓，以微弱的聲音喚道：「蘿達！蘿達！蘿達！」

後院擠了好多人，有的是這棟公寓的住戶，有的是對街鄰居，還有的是看見失火而跑過來的路人。她急急走到公園圍欄邊，站在女兒身旁，女兒正低頭看著腳下的死屍……

有人高聲尖叫，她不知道是誰。她轉頭看見有人看著她，用帶著迷惘和責怪的語氣說：「拜託，別叫了，叫又不能解決事情！」她閉上眼睛靠著圍欄，原來尖叫的人就是她自己。

有些男人已經排成一列，傳遞水桶救火。然後消防車來了。然後救護車來把雷洛伊的屍體帶走了……她再度恢復知覺的時候，躺在公園草地上，有人拿蓮花池（就是雷洛伊終究沒能跑到的那座蓮花池）的水潑她臉。對街的坎寇太太站在她身邊，不耐煩地說：「不要再叫了！不要再叫了！」

「妳一定要盡力自我克制。」弗西斯太太說。

克莉絲汀說：「我看見了！這一次我親眼看見了！我看見他衝出地下室！我看見他死在門邊！」

「妳一定要想辦法控制自己。」弗西斯太太說：「一定要拿出自制力來。」她用涼水為她擦臉。「妳該拿蘿達當榜樣，蘿達一點都沒受影響，活像個老演員。」

她猛然下定決心，靠著最後一點氣力站起身來，讓弗西斯太太和某個她沒見過的男人攙著上樓回家。她躺在床上左思右想，認為這次真的是她的錯。之前的事也許還有藉口可說，但這回沒有。她喃喃自語：「這次我明明知道會出事，我應該要知道會出事，應該要阻止。我幾星期前就該對蘿達採取行動了，我得採取行動，而且要快。」

弗西斯太太去廚房拿冰塊，蘿達走進臥房輕蔑地看著媽媽，以非常輕鬆的態度小小聲說：「他知道鞋子的事，他會舉發我。」

弗西斯太太在廚房為潘馬克太太做了一個臨時冰袋，回到臥室時說：「他一定又在地下室抽菸了，跟他說多少次都沒用。據說他手裡拿著菸睡著了，我們早就說過，總有這一天。噢，我真同情他的太太和小孩，他太太恐怕連好好辦場喪禮的錢都沒有。這真是場教人難過的意外。」她走到窗邊，調整百葉窗的角度，讓陽光透進來。外頭風吹樹梢造成光影搖動，照在牆上有水波的效果。她說：「我帶蘿達去我家好了，免得吵到妳，妳得想辦法好好睡一覺，睡飽就會好多了。不可以再擔心囉，否則會生病的，一切都交給我，妳放心睡吧。」

她睡了一會兒，睡得很深很沉，沒有做夢，很久沒這樣了。醒來之後，她感到很平靜，但這種平靜比之前的狂亂更可怕，彷彿進入了颶風眼。她平靜地洗臉、梳頭、塗口紅，然後去接女兒回家。

那天下午，電話響起，是莫妮卡打電話來。她聽說出了火災，雷洛伊死了，想聽聽第一手報導。克莉絲汀說，據她所知，公寓本體並未受損，地下室的部分損害也不大。大家猜想雷洛伊大概是沒熄菸就睡著了，才釀下大禍。莫妮卡用誠懇的語氣說：「我很高興妳能理性看待這事。說真的，我很怕它會惹妳緊張難過，所以打來看妳好不好。親愛的，就算妳難過我也不會怪妳，畢竟這確實是場可怕的悲劇。」接著，她聯想到某些軼聞趣事，說說笑笑之後，掛上了電話。

黃昏時分，潘馬克太太叫了輛計程車，前往雷洛伊在傑克遜將軍街的家，他家裡滿滿是人，她只走到門邊，沒有進去。有人把遺孀叫了出來，兩人就坐在門廊旁盛開的花樹下說了會兒話。克莉絲汀簡單自我介紹後說：「我希望妳能照自己的意思為他辦喪禮，不用擔心錢的問題。所有的帳單都由我來付。」瑟瑪驚訝地瞪大了眼睛，克莉絲汀繼續說：「妳知道我是誰，叫殯儀館和其他商家都打電話給我，我來告訴他們。」說完就起身，走向等在門口的計程車。

第二天早上，她一醒來就迫切想讀《美國重要罪犯》中寫她母親的那一冊。她開車去圖書館，把書借回家，坐在窗邊開始看。這些事她雖都已知道，但這本書寫得更為詳細。

奧古斯特．典克得到妻子為他爭取來的財產後，態度大變。他再也不是從前那個對什麼事都不聞不問的好好先生，變得自尊自大起來。就典克太太的立場來看，最教人難以忍受的是，他似乎下定決心要以不切實際的擴張計畫來揮霍家產。她原本沒打算太早除掉他，但為防丈夫把她辛苦賺來的家產花光，也只好臨時改變計畫，在他的白脫奶裡加了砒霜。

如今，計畫業已走到最後一步，年少時的夢想即將成真，她終於擁有了典克家的財富，可以暫且歇手，扮演喪夫後勇敢面對人生的寡婦了。對她做的那些事，她可能從未後悔自責，她認為自己是個精明的生意人，只是做生意的方式比較特別而已，是遠見和技巧，讓她凌駕於那些天份不如她的人之上。

可惜一切並沒就此平息，始終安靜在旁窺伺的愛達·葛斯塔夫森開始到處碎嘴。「醫生說奧古斯特是充血性惡瘧死的，其實不是，貝西在奧古斯特的白脫奶裡放了東西，這事就跟上帝造了小蘋果一樣千真萬確！典克家的老爺爺也死得很怪，那老先生原本壯得像牛。我從前在家還聽過不少貝西小時候的故事，真是怪呀，大家原本都沒事，但只要出事對貝西有好處，他們就會出事了。」

起初左鄰右舍只拿她的話當笑話聽，沒人相信，但有一天下午愛達居然跑去報警，說：「我們把奧古斯特挖出來，把奧古斯特挖出來看看就知道了！」

要掘屍相驗得先經過遺孀同意，貝西哭哭啼啼拒絕讓愛達這樣胡鬧。警方申請法院命令，硬是起出屍體，這下子貝西可就慌了。她向來理性，從未這樣驚慌失措，竟然想出一個蠢到極點沒人會信的法子。她對大家說，奧古斯特和典克家的老爺爺是中毒死的沒錯，但下毒的人不是她，而是愛達，其他命案說不定也是她做的。她早就懷疑愛達心懷不軌，可是她怕自己和孩子也會有生命危險，所以不敢作聲。愛達曾多次威脅要對她和孩子不利，還說要燒房子，如果她和孩子出事，希望大家能記得她說的話，為她作證。

當天夜裡，她殺死了愛達．葛斯塔夫森以及克莉絲汀以外所有的孩子。顯然是先用斧柄將老愛達打昏，用切肉刀切下她的頭，然後幫她穿上貝西自己的衣服，連結婚戒指都摘了下來，套到愛達手上。她自己換上丈夫的衣服逃命，臨走前還放火把家燒掉，一廂情願地希望警方會誤認愛達的屍體是她的，認為之前所有的命案都是愛達做的。

她把愛達的頭用報紙包起來，帶在身上，離開烈火熊熊的農舍，可惜天不從人願，第二天早上她就在堪薩斯市聯合車站的候車室被補，紙包還放在膝上，警方剪斷繩索，葛斯塔夫森的頭就滾了出來，在候車室地磚上滾了老遠。

最小的那個孩子究竟是怎麼逃離魔掌的呢？眾人多所猜測。有一種說法是，愛達・葛斯塔夫森對克莉絲汀特別偏心，那天晚上怕會出事，就把克莉絲汀送到臨近農家過夜，可是這種說法並無事實佐證。理查・布拉佛的看法是，克莉絲汀年紀還小，她母親認為她既不了解發生的事，也無法作證，所以放過了她。愛麗絲・歐克特・弗勞爾斯認為，像貝西那種自戀狂一定認為自己比追捕她的人聰明得多，她也許打算在新地方另起爐灶，所以想留著克莉絲汀，當她是種資產。

克莉絲汀閉上眼睛說：「不是的，不是這樣的，他們全都猜錯了。她用斧頭砍死索尼的時候我醒著，親眼看見。我跑出去躲進穀倉草堆裡，她殺光別人以後，才來找我。那邊很暗，她找不到我，就一直喊我，要我出來，說她不會傷害我，可是我親眼看見她殺了別人，所以沒有應聲。」

12

克莉絲汀養成了一個習慣，每天吃完早餐立刻和女兒整裝出發，開車去鄉間漫無目地兜風，途中兩人不怎麼講話，好像彼此過於了解對方，已經不需再作語言溝通。潘馬克太太不想開車的時候，就帶女兒坐巴士，目的地是哪裡依舊無所謂。不知情的人看見她們座位離那麼遠，很難想到她們是一起的。唯一的線索是那孩子不時會往母親那邊張望，等待指示，看她們接下來要怎樣。

市中心有個廣場，種滿杜鵑花、山茶花和槲樹，還有座鐵做的噴泉，下有四層盆子承接中央頂端噴出來的水，最後水會流進下方水溝，再重複使用。那裡總是涼風習習，而且不容易遇上熟人，所以她有時會帶女兒過去，兩人坐在兩張不同的鐵製長椅上，克莉絲汀茫然出神，而蘿達專心做她的女紅。

對於無處可去的人來說，這公園是個絕佳的避難所。有一天下午，克莉絲汀抬頭看見奧克塔薇亞·奉恩小姐正向她走來，那位老太太好像不太確定似的停步點頭，問她：「這不是克莉絲汀·潘馬克太太嗎？」

「是呀，奉恩小姐。」

「我覺得像是妳，又不太敢確定，後來看到蘿達坐在對面，那就對了。」

克莉絲汀微微一笑，既沒接話，也沒請她坐。

「我還記得上回一起去班乃狄克的事，那天真是開心。那天天氣真好，剪回來的夾竹桃很快就生根了，前幾天我剛把其中兩棵移到後花園呢。」

克莉絲汀點頭表示聽見，奉恩小姐又說：「我很希望妳有時間能來看看我們，可是我知道妳這段時間一定很忙。」她停頓片刻，感覺好像是在跟陌生人說話，好像不識相地侵犯了人家的隱私，好像需要為自己跑來這公園一事做些解釋，請求寬恕，於是急忙說道：「我平常不太會來這裡，今天是因為玻哲絲在那邊街上等我，穿過公園過去比較方便。」

她看看四周，和蘿達四目相接，於是向她揮手。但那孩子面無表情，對她沒半點興趣。奉恩小姐有點不知道接下來該怎麼才好，先是想在潘馬克太太身邊坐下，又立刻改變主意，只伸手在提包裡翻了一下，像是在找名片給陌生人的樣子。她說：「我們一定要找時間拜訪彼此……可是我不能讓玻哲絲等太久，她等太久就會煩躁。」

有天傍晚，克莉絲汀和蘿達從廣場回來以後，門鈴響了。她去應門，發現來者是荷坦絲．戴葛爾。戴葛爾太太走進客廳，擁抱克莉絲汀。「妳去看我，我也該來看妳，拖了這麼久才來，真是失禮。可是之前我還在守喪。今天早上我跟我先生說：「克莉絲汀不曉得會怎麼想我，今天一定得去看她。」

她有點醉，克莉絲汀請她坐下。她看見蘿達在窗邊看書，說：「這就是妳的女兒？妳叫什麼名字？克勞德常提到妳，對妳評價很高。妳是他要好的朋友之一，我確定，他說妳在學校很聰明。」

「我叫蘿達．潘馬克。」

「過來讓我看看，蘿達……不如親荷坦絲阿姨一下吧？親愛的，克勞德出事的時候妳和他在一起，對不對？妳就是那個很有把握會得書法獎章的女生，練習得很努力，可是親愛的，妳並沒得，對不對？克勞德得了獎，對不對？來，告訴我，妳覺得他得這獎公不公平？他有沒有作弊？他已經死了，所以這很重要。我給奧克塔薇亞小姐打過十幾通電話，她總是避重就輕不肯說……」

克莉絲汀把孩子從客人那又熱又濕的懷抱中拉出來，對蘿達說：「時間差不多了，妳該去弗西斯太太家了，她很期待見妳，別讓她失望。」

戴葛爾太太坐直身子。「去吧，妳有妳的社交義務，我不該耽誤妳。就連我先生都嫌我煩。妳為什麼不乾脆就直說？」

蘿達機靈地看她一眼，好像覺得她很有趣。她把劉海摸順，出門去了。戴葛爾太太說：「你們家有沒有東西可喝？什麼都好，我不挑。我喜歡波本加水，可是不管什麼我都喝。」克莉絲汀走進廚房，拿出冰塊，把一瓶波本酒和一個杯子放在托盤上。荷坦絲跟進廚房，說：「克莉絲汀，妳不跟我一塊兒喝嗎？有位老先生……是我先生的朋友，心臟有點問題，妳知道嗎？醫生叫他一天喝三杯酒，說是能讓動脈放鬆。可那老先生是禁酒黨黨員，不肯喝。」

她搖搖晃晃站都站不穩，撞到牆上。「一天三杯有什麼難的，我覺得不難，要說難呀，如果他的兒子落水，還撞上水裡的木樁，那才真難過。也許妳不同意，但我覺得那才真是人生的大難題，一天三杯威士忌有什麼難的。」她大聲笑，把頭髮往後攏，說：「我先生講給我聽的時候，我笑到腰痛。」

克莉絲汀在托盤上放了碗冰塊，捧著走進客廳。戴葛爾太太喝下一杯純波本，喝一口水，又說：「我原本是想來跟蘿達聊聊，沒想到她有這麼多社交活動。我以為她跟其他小女孩一樣，會待在家裡陪媽媽，不會到處游蕩，在快吃晚飯的時候去別人家。很抱歉打擾到蘿達的社交生活，請原諒，克莉絲汀，我僅獻上我最深的歉意，等蘿達回來，我也會跟她道歉。」

「妳還好嗎？」克莉絲汀說：「要不要我把風扇朝妳那邊轉？」

「我跟好多人談過克勞德的事，我也想跟蘿達談，這樣又沒有錯，不是嗎？她一定有什麼事情沒說出來，也許她覺得不重要，所以忘了說，可是只要是跟克勞德有關的事，對我而言就很重要。我保證不會污染她，我保證，我會抱著她輕輕搖，問幾個簡單的問題。」

「也許改天吧。」

「我一點也沒醉，潘馬克太太，好心點，別呼嚨我，我已經……蘿達一定有事沒說，請原諒我無法同意妳。我問過警衛，妳記得嗎？我跟警衛聊了很久，有趣極了，他說，他在水底木樁間找到克勞德之前，看見蘿達在碼頭上，她一定知道某些事，只是沒說。」

電話響起，克莉絲汀拿起話筒，聽見戴葛爾先生擔心的聲音。他想問他太太在不在這邊，為了找她，他已經挨家挨戶把全城的電話都打了一遍。克莉絲汀說她在這裡，他說他保證立刻過來接妻子。戴葛爾太太聽說是她先生打來的，就問：「妳有沒有告訴他我正在這裡出醜？親愛的克莉斯汀，妳有沒有叫他趕快報警？」

「妳明明聽見了，我只說妳在這裡。」

「妳『說出來』的部分是這樣沒錯，但妳心裡想的呢？妳想的是：『我要怎麼擺脫這個討厭鬼？』這才是妳真正的想法。我告訴妳好了，我根本不在乎妳怎麼想，懂嗎？我不知道妳以為妳是誰，一副高高在上，無所不能的樣子，以為妳比別人強，但妳那張嘴也許騙得了別人，卻騙不了我。」

「如果妳真這麼想，那麼也許就別再來比較好。」

「妳拿一百萬請我來，我都不會再來了。早知道蘿達有她的社交活動，今天我也不會來。我不像妳，出生在有錢人家，吃穿不愁，我小時候家境不好，生活很苦。」她再倒一杯酒，喝了下去。「妳以為自己很重要，對不對？到處對人家示好。克勞德死掉那天晚上妳不請自來，後來那次也是。我一直想不通第二次妳來是要幹嘛，妳本來有話要說，可是沒說。我跟我先生講，他卻說我瘋了。」

她搖搖晃晃起身，手指按著椅背支撐身體。「我不要等我先生來接，我要自己回家。我知道我不受歡迎，我知道這種有社交活動的人家不會歡迎我，妳懂我意思吧。」

「戴葛爾太太，請妳坐下來，妳先生說他馬上出門，應該就要到了。」

「我跟我先生說：『她想來探聽就隨她，她想演好人也讓她去演，反正克莉絲汀命好，什麼事都隨心所欲。那是人家命好。』」

「我並不覺得自己命好，請妳相信我。」

戴葛爾太太說：「抱歉，我知道評論人家很沒禮貌，可是妳看起來不太好，有點……嗯，有點病容，有點邋遢，妳知道我意思吧。缺錢的話，到我家來，我免費幫妳做美容服務。就這星期，妳打電話給我，約個時間，我不收朋友錢的，所以妳一毛錢都不用花。」

門鈴再度響起，這回是戴葛爾先生來了。他說：「來，荷坦絲，該回家了。」

荷坦絲大聲哭了起來，過去抱住克莉絲汀，把頭靠在她肩上，說：「妳知道，妳知道某些事情！妳明明知道某些事，卻不肯告訴我！」

克莉絲汀對自己說，她再也不去圖書館了，因為母親的事她幾乎都已知道，不用再查。可是第二天早上，她一起床就好想知道典克太太電刑處死的細節。這次她沒帶書去花園涼亭讀，她走進研究人員專用的小房間，翻閱當年的報紙，一看就是好幾個小時。她母親上電椅的新聞在當年轟動一時，有個記者還偷偷夾帶相機進入行刑現場，拍下了貝西．典克觸電瞬間的照片。

克莉絲汀仔細端詳那張照片，她母親臉上戴著黑面具；捆綁著的雙手自腰際舉起，因為在動，所以模糊不清；指頭張開，像猛禽的爪；死白無毛的粗腿也給捆住了，在電流衝擊下……

她坐在那裡好一會兒，眼前一直浮現影像……她真傻，怎麼會不知道蘿達會有何種下場？她明白了，除非有所行動，否則蘿達只會重複外婆那愚蠢的一生，只是換個環境，模式不會變。蘿達很聰明，所以短時間內不會被抓到，可是僥倖再久，也終究會有毀滅的一天。在達成目的與被人察覺之間的這段時間裡，她會和外婆一樣，毀掉所有她碰得到的東西。她的末日也會造成轟動，也許會進瓦斯室，也許會被吊死，也許會上電椅。她在此刻彷彿看見了女兒的下場，不禁摀住臉，轉頭喃喃說道：「請神垂憐我們！」

她再也讀不下去，甚至連想都不願再去想她母親的事了。她把報紙歸回原處，收拾東西準備離開。這時，葛拉斯小姐走進來說：「我一直在想妳的書，尤其是結局。妳決定要怎麼寫結局了嗎？」

「決定了，我想我決定了。」

葛拉斯小姐有點不好意思地笑著說，她得坦承，她做了件現在想想不該做的事，她很抱歉。她知道作者有多討厭別人洩露他們的靈感，可是她對克莉絲汀的故事太感興趣，忍不住告訴了別人。是這樣的，她和姐姐同住，兩人都熱愛文學，所以每週固定參加一個討論寫作的小團體。上回聚會中她把克莉絲汀的故事拿出來概略說了一下，她知道這樣不對，她很抱歉，可是她相信在場的人絕不會把情節偷去用在自己的作品中。

無論如何，簡而言之，她講出作者的困境，希望大家幫這小說想出結局。寫作會的成員把每一種可能的解決方案都拿出來討論，就好像陪審團在審案子似的。他們把心理治療、感化院或對未來盲目地抱持信心等等都討論過後，付諸表決，結果全體無異議通過，認為解決的辦法只有一個，就是那個母親繼續保密，殺掉孩子，然後自殺。

最後，她說：「我希望妳不會覺得祕密被我洩露出去了，畢竟妳當時並沒說不能告訴別人。」

「沒有關係。這種結局我也想過，也許，這正是我會用的那一個。」

當天晚上，克莉絲汀親筆擬了一份遺囑，內容如下：

在我死後，尤特里羅（Maurice Utrillo）一九一二年的風景畫留給我的朋友莫妮卡·布里德勒，作為忠貞友誼的紀念。我的丈夫肯尼斯·潘馬克是我此生摯愛，除他之外，我沒愛過別的男人。我要把他送我的莫迪利亞尼畫作還給他，誠摯地祝福他找到一個配擁有此畫的女人，希望他能原諒我，並再次結婚。我銀行裡的存款、股票等等財產，全數留給瑟瑪．傑塞普，她是雷洛伊．傑塞普的遺孀，住在傑克遜將軍街五百七十二號。

最後，她寫上日期，一九五二年八月三日，簽上姓名，鎖進抽屜，對自己說：「我只能這麼贖罪了。」

她靜靜坐了很久，思前想後，現在她知道自己要怎麼做了，那折磨人的矛盾掙扎終於平息，接下來只要盡可能明智簡潔地執行就好。她在家裡走過來又走過去，就像平日裡編列家用預算一樣冷靜。一切必須考慮周全，每一個細節都得預先設想。別的不管，過程中蘿達不能受苦，也不能受怕，最好是從頭到尾都沒有知覺……

她打開抽屜，把寫給丈夫的那些信再看一遍，然後放進壁爐燒掉，把灰丟進水槽沖掉。她有條不紊地整理所有的文件，撕掉某些舊信件和舊照片，那是她原本存起來想等蘿達長大以後給她看的。她把她的過去盡可能抹滅之後，抽了根菸，然後帶著平靜的心上床睡覺。第二天起床時，她神清氣爽，坐在化妝台前，看著鏡中的自己，她很驚訝自己竟能有這樣的改變。

那天早上，她把女兒放在弗西斯太太家（現在麻煩她已經不要緊了，反正整個貝西．典克事件很快就會結束），前往廣場附近的美容院。她在吹風機下微笑擬好了最後計畫，決定了自己和女兒的末日。到家的時候，信箱裡躺了一封丈夫寄來的信，她一讀再讀，心裡明白這是兩人之間最後的連繫。他說，他那邊一切順利，希望八月中就能到家。他很想念妻女，恨不得立刻就能重聚。希望從此可以很久很久不必遠行。他向克莉絲汀送上無盡的愛。

她拿起丈夫的相片，就著光看了好久好久。「你真好，說這種話。」她充滿依戀地說：「我聽了真的很開心！」然後，她像看別人的悲劇似的發出一聲嘆息，起身辦事去了。

她知道自己不可能向蘿達施暴，不可能去打她砍她，所以唯一可用的辦法就是餵她吃安眠藥。莫妮卡和醫生都給了她一些，她沒吃，好像預先就知道有天會派上用場似的。不過，要讓蘿達吃下這些安眠藥並不容易，她很容易起疑，和動物一樣具有避開陷阱和危險的本能。

她想了很多法子，最後選擇帶女兒去看醫生。她對醫生說，這孩子最近胃口不佳，無精打采，臉色蒼白，不知道身體有沒有問題，請醫生幫她檢查一下。醫生檢查完畢後單獨和潘馬克太太講述狀況，說蘿達身體健康，非常正常。

回家途中，克莉絲汀說：「醫生認為妳需要補充維他命，我們去買一點吧。」她當著孩子的面買下維他命，回家後把裡面的藥丸換成安眠藥。蘿達上床睡覺前，她說：「反正維他命什麼時間吃都一樣，不如就現在吃吧。」

蘿達看媽媽捧著一整把藥丸，覺得奇怪，就問：「一次不用吃那麼多顆吧？」

「我也這麼問醫生，可是他說，正常狀況下飯後吃一粒就好，可是妳情況特殊，最好一次吃完。」

蘿達說：「我想看看瓶子。」

克莉絲汀把瓶子遞給她，蘿達檢查了一下，看了說明，確認母親手中的藥丸長得和瓶中的一模一樣之後，才說：「那好吧。」

她一顆一顆吞下藥丸，每吞一顆，就喝一口水。克莉絲汀說：「吞下去就沒事了，把這些吞下去以後，妳的問題就都解決了……來，還剩幾顆，快吃完了，加油，妳得努力把它全吞下去。」

女兒吞完藥以後，克莉絲汀在她身邊坐下。「要不要我唸故事給妳聽？」蘿達點點頭，《五棵小胡椒成長記》她看到一半。克莉絲汀翻開書，從她看到的地方接著唸下去，溫柔地唸呀唸，唸了好久好久，那孩子一直不睡，她真擔心自己裝出來的冷靜會撐不到底。

最後，女兒終於睡著，她坐在旁邊看著她輕柔平和地呼吸，覺得她看起來好天真，完全沒有心存惡念的樣子。她忽然感覺這一切都不是真的，一切都只是她想像出來的。她打起精神，嚴厲地對自己說：「不是想像，一切都是真的。」

她凝視丈夫的照片，深情款款。他的面容帶來好多回憶，想到他們一同經歷過那麼多事，她好怕自己會痛哭失聲，重回瘋狂焦慮狀態。但她沒有失控，她大聲對他說：「她毀了我，但我不會讓她毀掉你。她不會像我母親那樣死在大眾面前，讓百萬個讀者邊喝咖啡邊看她的遺言，她最後的想法，她最後痛苦的姿態。不會，我不會讓這種事發生，現在，這種事不會發生了。」她以手指輕輕撫摸照片，痛苦地轉過身去，輕聲說：「如果你知道實情，最後一定會原諒我的。」

她輕吻女兒眉梢，最後一次打開書桌那個上鎖的抽屜，拿出那把槍，呆呆地站了一會兒，彷彿一時之間忘了自己拿槍要幹嘛。最後，她走到臥室鏡子前面，對準自己的頭，扣下了扳機。

莫妮卡正在和弟弟以及兩位剛認識的新朋友打橋牌。她放下牌說：「我不放心克莉絲汀。艾默里，你愛怎麼說就怎麼說，但我就是覺得不對勁。今晚我打了好幾次電話，她都沒接。」這是她今晚第三次說這種話了。

「也許她不想接電話，也許她去看電影了。妳就不能歇歇手，別老去煩可憐的克莉絲汀嗎？」

「克莉絲汀從來不會不接電話，而且她現在晚上根本不會自己出門，你跟我一樣清楚……不，艾默里，真的很不對勁。」

普萊斯太太問：「你們說的這個克莉絲汀是誰？親戚嗎？」

「是鄰居。」莫妮卡說：「可是我很喜歡她，也喜歡她的小女兒。她是個可愛的女人，溫和又單純，完全沒受污染。」

她洗牌、發牌，頑固地說：「要是真像艾默里說的，她出了門，對門的弗西斯太太一定知道，我打去問她好了。」

艾默里露出寬容的表情，笑說：「你能拿這種女人怎麼辦？我有記憶以來她一直這個樣子。」

安裘琳．普萊斯說：「我不知道耶，我想她確實應該打給弗西斯太太。」她和莫妮卡互望一眼，點了點頭。艾默里看看錶說：「現在十一點，要打就快打吧，不然人家就要睡了。」

弗西斯太太說，她在晚餐前才見過克莉絲汀和蘿達，她確定她們並沒出門，但有可能早早睡了。

莫妮卡說：「妳去按一下她家門鈴好嗎？我在這裡等。」

弗西斯太太按了好幾下電鈴，沒人應門。於是她又敲門，喊克莉絲汀的名字，也無人回應。她問莫妮卡：「有什麼不對勁嗎？要我做什麼嗎？」

莫妮卡回到牌桌旁，沒過多久，就放下牌說：「我要去搞清楚出了什麼狀況。」她轉頭對艾默里說：「你不想去沒關係，你可以留在這裡，可是我很擔心，我非去不可。」

艾默里說：「妳明知道這種時間我不可能讓妳一個人開車。」他無奈地笑了笑。「既然非去不可，咱們就趕快出發吧。」

住在對街的強尼．坎寇今晚的約會剛結束，先把女朋友送回家才回來，艾默里他們抵達公寓時他正在停車。莫妮卡喊他過來，一起上樓。她又敲門又按鈴，弗西斯太太也披著袍子過來關心。

莫妮卡說：「強尼，你有辦法爬上後陽台，從廚房進去嗎？窗戶要是鎖著，就打破它，進屋子裡去幫我們開門。」

他聽令照辦。莫妮卡一進門就高喊：「克莉絲汀！克莉絲汀！一切都還好嗎？」

克莉絲汀的臥房亮著燈，他們看見屋內景象，嚇得站在門口擠成一團。接著他們打開屋子裡所有的燈，弗西斯太太跑去蘿達房間，其他人也跟了過去。她說：「蘿達還活著，我們得趕快送她去醫院！」她不耐煩地對張嘴愣著的強尼．坎寇說：「快把蘿達抱到你車上，送去醫院，能開多快就開多快，她還有救，但絕不能拖。」接著又說：「等一下，等一下，我跟你一起去！」

喪禮過後，肯尼斯．潘馬克坐在莫妮卡家的客廳裡。蘿達已經出院，暫住弗西斯太太家，弗西斯太太說蘿達愛住多久都行，如果肯尼斯不介意，住一輩子也沒問題。肯尼斯說，他母親和妹妹明天就到，蘿達理所當然該跟她們回去。但那是明天的事，此刻他坐在莫妮卡的大風扇旁邊，不安地按著頭說：「她為什麼要做這種事？我真不懂，她為什麼要這樣呢？」他對莫妮卡說：「她跟妳最親了，妳聽她說過什麼嗎？總有個理由吧？」

莫妮卡說：「我拚命回想所有的蛛絲馬跡，想到都快昏倒了，可就是想不通她為什麼要做這種事。我問過雷吉納德·塔斯克，也問過奧克塔薇亞·奉恩，他們都說不知道。」

「一定有理由，克莉絲汀做任何事都有理由，不可能無緣無故這樣，我不懂，我不……」

「我想她一定遇上了很可怕的事，嚴重到她無法承受。在旅館的時候，我拜託她讓我打電報叫你回家，她不肯，說那件事與你無關。最近她看起來比之前好多了，可是我實在不應該讓她獨處，是我不對，是我不對。」

肯尼斯問：「妳覺得她瘋了？」

「不，我不覺得，一點也不覺得。」

「克莉絲汀沒瘋。」艾默里說：「她只是太過憂心，憂心到生病了。」

肯尼斯嘆了口氣，伸手按按額頭，彷彿想要腦子裡那讓人難以忍受的痛苦靜一靜。弗西斯太太帶著蘿達來了，蘿達一見到爸爸就跑過去抱住他。她在爸爸懷中偏著頭笑笑，然後跳舞一般地走到地毯另一頭，微微抬起下巴，露出淺淺的酒窩，可愛地拍拍手說：「如果我給你好多親親，你要給我什麼？」

弗西斯太太說：「過來，親愛的，妳的身體還很虛弱，別太累了。」她對肯尼斯說：「她年紀還小，不明白發生了什麼事，她是個天真的小女孩。」

但這個小女孩不容許別人轉移話題，她堅持要完成她的遊戲。她踮起腳尖轉了一圈，屈膝行禮，說：「你要給我什麼？爸爸，如果我給你好多親親，你要給我什麼？」

一陣沉默之後，肯尼斯說：「我要給妳好多抱抱。」然後自制力終於潰堤，摀住臉聲嘶力竭地哭了起來。

「來吧，蘿達。」弗西斯太太說：「親愛的，過來吧。」她牽著那孩子的手往外走。「我們下樓去剪紙娃娃，妳爸爸坐了太久的飛機，太疲倦，我們等他休息好了再回來。」

她好像對肯尼斯的悲痛有點不以為然，出門前回頭說道：「潘馬克先生，你要有信心，不能變得偏激絕望。神的智慧並非常人所能理解，我們只能接受。你以為你失去一切了嗎？你錯了，至少蘿達還活著。你還有蘿達，就值得感謝。」

The Bad Seed

邪惡的孩子們

陳琡分（文字工作者）

「你不相信有的人會因為自己喜歡，便去做一些邪惡的事嗎……你應該相信的。」

——《危險小天使》（*The Good Son*，1993）

如同史丹利·庫柏力克（Stanley Kubrick）將史蒂芬·金（Stephen King）的小說改編成電影《鬼店》（*The Shining*，1980）、打造出後世諸多恐怖電影的基本元素一般；威廉·馬奇與他的遺作《壞種》，以及由馬文·雷洛伊（Mervyn LeRoy）於一九五六年執導的同名電影，名氣或許沒有史蒂芬·金與庫柏力克來得大，但其內容的顛覆與衝擊，在民智淳樸的當代，不僅使得閱聽大眾近乎崩潰，更成了此後「惡童主題」的濫觴，亦為此脈類型的經典之作。

當然，自蘿達現身造成世人驚恐將近七十年以來，我們在各類作品中見過的邪惡小孩沒有成千也有上百，其心機與招式心狠手辣的程度，想必連蘿達這個始祖都要自嘆弗如。此類主題之所以每每引發爭議，源於一般人對「孩童」可愛又無辜的印象，與「邪惡思想／殘暴行為」根本不會（也不能）沾上邊。但在創作者的世界裡，這兩者的矛盾卻帶來了最佳的衝突與張力，既挑戰我們最基本的認知，也考驗著我們對純真的信任。

或許是不忍破壞過多對人性美好的想像，多數以「孩童駭人行為」為主題的恐怖電影，都還是替這些孩子們的邪惡找了個理由開脫。例如威廉・弗瑞肯（William Friedkin）在一九七三年搬出來嚇壞全世界的《大法師》（*The Exorcist*），裡面的小女孩就是受惡靈附身所苦，才會做出三百六十度貓頭鷹式大轉頭與下腰爬樓梯的高難度動作；一九七六年的《天魔》（*The Omen*）則將邪靈的宿主由小女孩變成小男孩。二〇〇八年由湯姆・夏克蘭（Tom Shankland）拍攝的《死小孩》（*The Children*），裡面的孩子們個個長得甜美至極，但在病毒的感染下，臨到推人撞牆、砸石爆腦的當口，可是嗜血不落人後。而二〇〇九年豪梅．寇特瑟拉（Jaume Collet-Serra）呈現給大眾的《孤兒怨》（*Orphan*），裡頭的艾絲特總是與蘿達一樣，打扮得整齊亮麗、走老派淑女風，其表定年齡為十二歲，實際上卻因著不可說的祕密，導致了種種瘋狂的殘暴行徑。

《壞種》裡的蘿達，卻沒有這些額外附加的理由，好讓她在道德上全身而退。蘿達天生缺乏同理心，心底腦裡不是「我要那個」，就是「那是我的」。對物質的想望高過一切，所有無法讓她在此時此刻火速奪得目標的人事物，都是必須除之而後快的阻礙。而那些備受身邊長輩讚賞的得體行為，說穿了也不過都是她後天學習所得來的輔佐技能。

若說有誰可以跟蘿達媲美，在此姑且列出兩名小男孩，一為二〇〇七年喬治．拉提夫（George Ratliff）執導之《天魔約書亞》（*Joshua*），裡頭的約書亞因母親生下了妹妹莉莉，原本性格冷漠獨立的他，與父母的情感更為疏離，卻又不甘失寵，於是衍生一連串怪異行為，藉以重新獲取大人的注意力。但這樣的情有可原，讓約書亞的恐怖戰力遠遠輸給《危險小天使》（*The Good Son*）中的亨利一大截。這部於一九九三年由當代英美文壇大師伊恩・麥克伊旺（Ian McEwan）撰寫劇本、喬瑟夫・魯本（Joseph Ruben）擔任導演的電影，找來了彼時當紅的麥考利・克金（Macaulay Culkin）與伊萊亞・伍德（Elijah Wood）兩相對比。金髮碧眼、唇紅齒白的麥考利所飾演的亨利，從外表就是美國家庭中的典型好小孩，活潑有禮、能言善道，受到身邊所有大人的寵愛與信任；相形之下，由伊萊亞詮釋、甫受喪母之痛的馬克，自是陰沉難解許多。是以當亨利以委屈姿態將其犯下的殘暴事蹟（例如以鋼釘射狗）推到馬克身上，甚而試圖殺害自己的妹妹與母親之時，百口莫辯又缺乏外援的馬克，為了保衛自己與其他人的生命，也只能放手一搏。

之所以說亨利最適合與蘿達作伴，是因為亨利既未受感染，也沒有卡到陰。他淹死弟弟、射死路犬、做了個布偶（取名為"Mr. Highway"）往高速公路一丟造成連環大車禍，除了好玩，更因為「當你什麼都敢做，你就能獲得真正的自由」的單一想法，與蘿達同樣只活在自我感覺良好的世界裡；而他與母親爭搶幼時玩具黃色小鴨、對著母親大吼「那是我的！」那一刻，更可說是蘿達上身。

上述的這些孩子們，在蘿達的領軍之下，數十年來，以不同的理由、卻同樣令人膽寒的表現，成為大人世界裡揮之不去的夢魘。基於年齡的關係，他們那些驚世駭俗的行為，不見得是受到了多少現實世界的汙染或影響（甚至通常沒有）；也因此，他們所逼視的是對人性最純粹、最無法粉飾的判定，甚而直指深層欲望可能引發的極端行為，那或許是在一般的太平時刻裡，我們都不願且無能去面對的。

跟隨此類劇情而來的下一道關卡，便是結局的設定。邪靈能請法師來趕，病毒可拿疫苗來治，但像蘿達、約書亞或亨利這類從「種」、從渴望或骨子裡根源的惡質，直接弄死可能天下太平（但還得死透），活著就會讓大家雞犬不寧。小說中的蘿達最後繼續以她天真無邪的舉止贏得眾人寵愛，但馬文．雷洛伊在將故事搬上大銀幕時，迫於各電影審查單位與影評人的壓力，不得不為電影重新打造出與小說截然不同的收尾（若在現代可能會以所謂的「導演版」雙結局問世）；片末更對觀眾嚴肅且誠懇地解釋「內容純屬虛構」，反倒增添了此地無銀的半信半疑。

在題材開放與各色聲光特效的餵養下，多數人已愈發習慣電影的重口味，甚而以追求更殘忍、更血腥、更暴力的視覺畫面為樂。或許今日我們回頭重看《壞種》，不免覺得其中盡是些眼熟的老梗；與後世崛起的「新秀們」相較之下，蘿達的行為也稱不上多可怕。但經典之所以為經典，即在於其站上時代浪頭的勇氣，與一路搏鬥存活、終至畫下一席之地的能力。也許我們可以大膽地說，假若沒有蘿達這顆「壞種」的萌芽，在恐怖經典的世界裡，勢必缺少一片幽暗闃黑、令人膽寒的森林。而那將是多麼令人遺憾的一件事。

所以，如同小說最後弗西斯太太對潘馬克先生所言：

「你還有蘿達，就值得感謝。」

【附錄】

漫遊者編輯室整理

提莉・克里米克（Ottilie Tillie Klimek，1876~1936），美國女性連續殺人犯。自稱通靈，假預知夢的方式宣告身邊家人鄰居的死期，實則精心布置謀殺計劃，總計殺害八人，包含五任丈夫與附近三位小孩。克里米克最後死在獄中。

黛西・德・梅爾克（Daisy de Melker, 1886-1932），生於南非，接受過護士教育。先後毒死兩任丈夫與自己的親生兒子，為南非歷史上第二個被處以絞刑的女性罪犯。

亞徹・吉利岡（Amy Archer-Gilligan，1873~1962），美國女性連續殺人犯。在其開設的老人院中，以毒藥殺害多名受照護者，包括她的第二任丈夫。吉利岡承認犯下五樁案件，據信受害者應有更多，歷年來院中共有四十八樁死亡事件。

貝兒・岡妮絲（Belle Sorenson Gunness，1859-1908?），美國女性連續殺人犯。身高約一七三公分，體重約九十一公斤，實屬魁梧。根據統計，數十年來她一共殺害了超過四十人，包含大多數的追求者與男友，以及她的歷任丈夫與小孩。

珍・托本（Jane Toppan，1857-1938），美國女性連續殺人犯。一八八五年起於美國劍橋醫院接受護士教育訓練，坦承於一九〇一年殺害三十一條人命，並宣稱「殺死更多無助的男男女女是我畢生的抱負。」珍・托本據信為本書作者塑造關鍵人物貝西・典克的原型。

蘇西・歐拉（Susi Oláh或Zsuzsanna Oláh），為匈牙利婦女組織「那吉瑞福村的天使製造者」（The Angel Makers of Nagyrév）主事者之一。此組織由茱莉亞・法潔卡斯（Júlia Fazekas）與蘇西・歐拉成立於那吉瑞福村，她們提供砷給組織內的女性成員，並鼓勵她們積極使用，於一九一四至一九二九年間，毒害了約莫三百多人。

艾爾佛瑞德・克萊恩（Alfred L. Cline），美國連續殺人犯，被視為美國的「藍鬍子」，自一九三〇至一九四五年被逮捕前，據信至少犯下九樁殺人案件，被害者有八位是他的先後任妻子，唯一的一名男性為牧師厄尼斯特・瓊斯（Rev. Ernest Jones），在協助克萊恩取得美金一萬一千元的遺產之後旋即「意外」死亡。

伊娃・庫（Eva Coo，1889-1935），涉嫌駕車追撞輾斃弱智雜工亨利・賴特（Henry Wright），後判二級謀殺罪，被送上電椅。

麥德琳・史密斯（Madeleine Hamilton Smith，1835-1928），格拉斯哥社交名媛，於一八五七年被列為蘇格蘭一樁聳人聽聞的謀殺案之嫌犯，後無罪開釋。

莉西・波頓（Lizzie Andrew Borden，1860-1927），涉嫌於一八九二年以斧頭砍殺其父親與繼母，雖無罪開釋，但爭議至今。為美國民間傳說惡名昭彰的人物之一。

萊達・紹塞（Lyda Southard，1892-1958），美國女性連續殺人犯。涉嫌殺害其妹夫、先後四任丈夫與三歲大的親生女兒，但最後只承認殺了第四任丈夫愛德華・梅爾（Edward Meyer）。

安娜・韓（Anna Marie Hahn，1906-1938），為在德國出生的德裔美國人。為謀財共犯下五件殺人罪行。

壞種

作　　者　威廉・馬奇
譯　　者　王欣欣
美術設計　倪旻鋒
內頁排版　高巧怡
行銷企劃　蕭浩仰、江紫涓
行銷統籌　駱漢琦
業務發行　邱紹溢
營運顧問　郭其彬
責任編輯　吳佳珍
總 編 輯　李亞南
出　　版　漫遊者文化事業股份有限公司
地　　址　台北市大同區重慶北路二段88號2樓之6
電　　話　(02) 2715-2022
傳　　真　(02) 2715-2021
服務信箱　service@azothbooks.com
網路書店　www.azothbooks.com
臉　　書　www.facebook.com/azothbooks.read
營運統籌　大雁出版基地
地　　址　新北市新店區北新路三段207之3號5樓
電　　話　(02) 89131005
傳　　真　(02) 89131056
劃撥帳號　50022001
戶　　名　漫遊者文化事業股份有限公司
二版一刷　2024年08月
定　　價　台幣320元
I S B N　978-986-489-935-7

國家圖書館出版品預行編目 (CIP) 資料

壞種／威廉・馬奇作；王欣欣譯.— 二版 .—
台北市：漫遊者文化事業股份有限公司出版：
大雁出版基地發行, 2024.08
280 面；14.8 × 21 公分
ISBN 978-986-489-935-7(平裝)

874.57　　113004547